tudo é
POESIA

lura

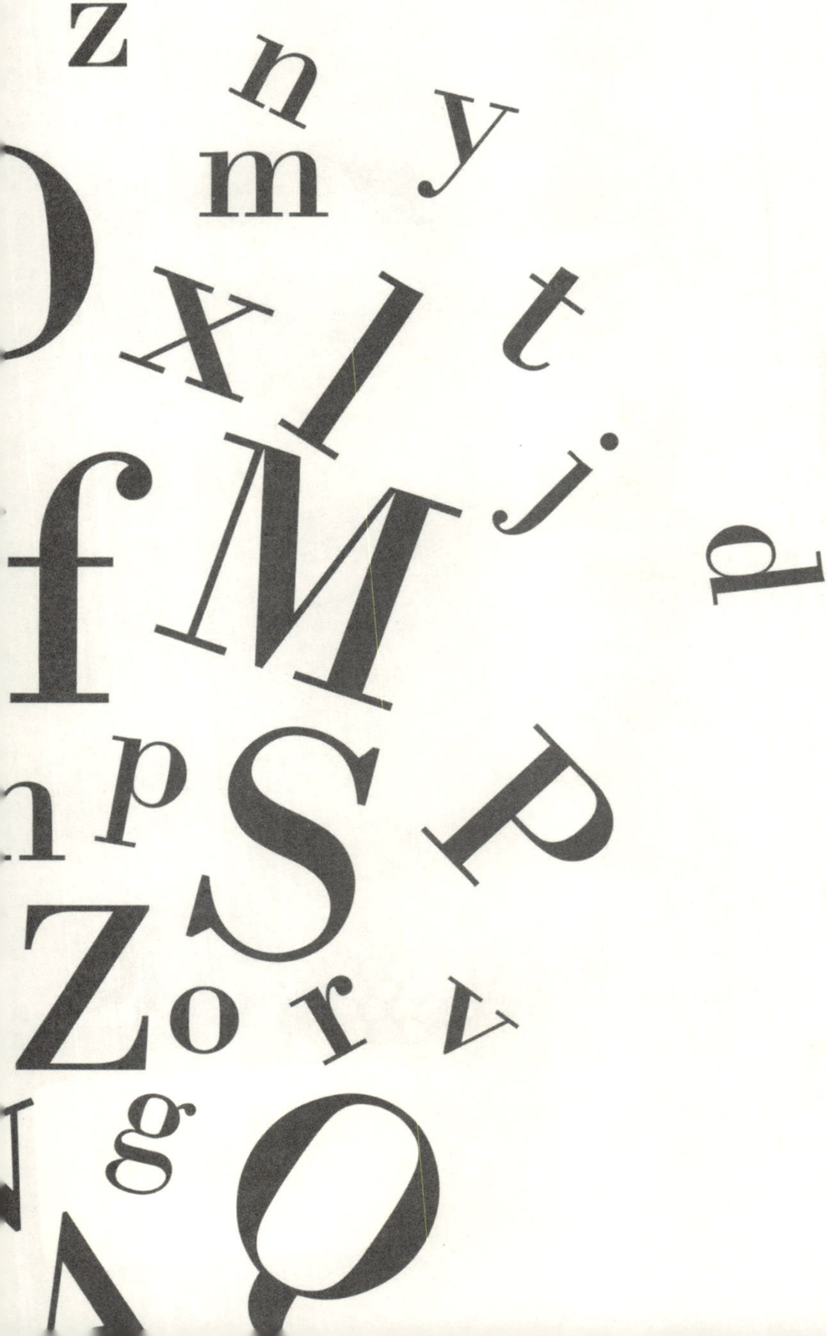

tudo é POESIA

organização: **LURA EDITORIAL**

Copyright © 2023 por Lura Editorial.
Todos os direitos reservados.

Gerente Editorial
Roger Conovalov

Preparação
Aline Assone Conovalov e Stéfano Stella

Diagramação
Manoela Dourado

Capa
Lura Editorial

Revisão
Gabriela Peres

Todos os direitos reservados. Impresso no Brasil.
Nenhuma parte deste livro pode ser utilizada, reproduzida ou armazenada em qualquer forma ou meio, seja mecânico ou eletrônico, fotocópia, gravação etc., sem a permissão por escrito da editora.

Dados Internacionais de Catalogação na Publicação (CIP)
(Câmara Brasileira do Livro, SP, Brasil)

Tudo é poesia / Lura Editorial (Organização) – São Caetano do Sul-SP: Lura Editorial, 2023.

Vários autores

192 p.; 14 X 21 cm

ISBN 978-65-5478-072-8

1. Poesia. 2. Coletânea. 3. Literatura brasileira. I. Lura Editorial (Organização). II. Título.

CDD: B869.108

Índice para catálogo sistemático
I. Poesia : Coletânea

Janaina Ramos – Bibliotecária – CRB-8/9166

[2023]
Lura Editorial
Rua Manoel Coelho, 500, sala 710, Centro
09510-111 – São Paulo – SP – Brasil
www.luraeditorial.com.br

"A poesia é tudo o que há de íntimo em tudo."
— **Victor Hugo**

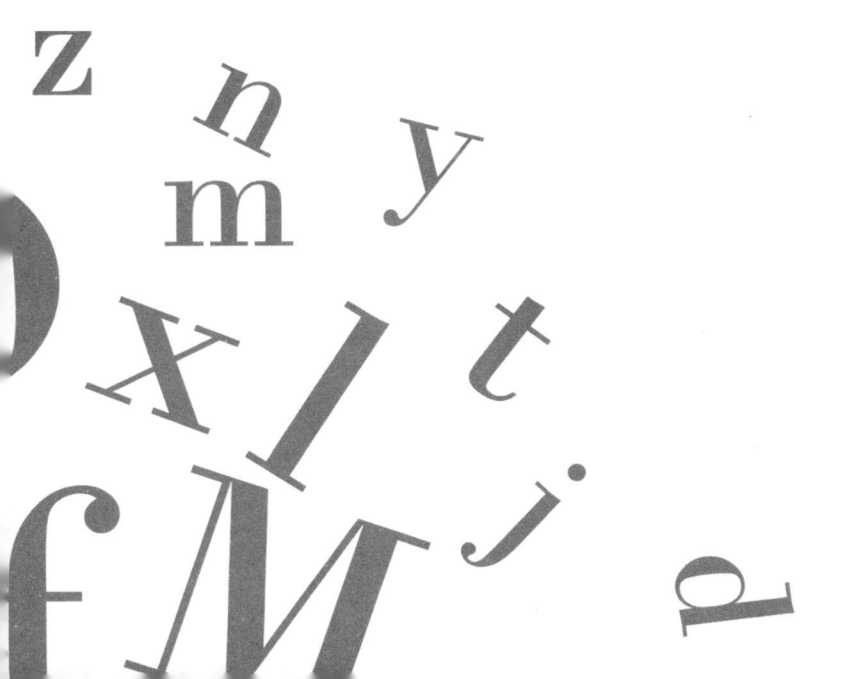

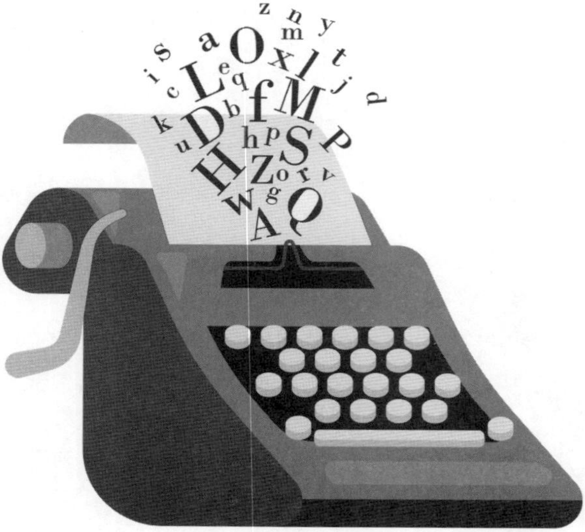

Sumário

Gostar do que faz 17
ADRIANA FERREIRA DA SILVA

Afetos 18
ADEILZA GOMES DA SILVA BEZERRA

A poesia inserida no mundo 20
ALBA MIRINDIBA

Nos olhos de Bovary 21
ALESSANDRA R. DE M. SOUZA

Um olhar 22
ALTINO MAYRINK (SAÚVA)

Mulher é poesia 23
AMANDA FRAGOSO

Rugas 24
ANA BEATRIZ CARVALHO

Coisas que eu faria se fosse você
(mas felizmente não sou, porque, sinceramente,
eu nem sei quem você é agora) 26
ANA GABI VASCONCELLOS

Serendipidade 27
ANA GABI VASCONCELLOS

Minibiografia em poesia 28
ANA BLANCATO

Amor: Devaneios desconexos 29
ANALU KATTAH

Paralisia 30
ANALU KATTAH

Onde está a poesia? 31
ANA CORDEIRO

Rota 32
APARECIDA HIDENARIA MEDEIROS DO CARMO

Poesia 33
BÁRBARA DANIANE

É poesia 34
NJELE SONGA

Amor 35
BRUNO MACHADO

Delicado 36
CAIO ARAÚJO

Fissura 37
CAIO ARAÚJO

Um lugar 38
CARLOS AFFEI

A magia dos poemas 39
CARLOS MARCOS FAUSTINO

Desencontro 40
CÍCERA LACERDA

Café 41
CÍCERA LACERDA

Egoísta a paixão 42
CLÁUDIO ALMICO

Ramalhete 43
CLEOBERY BRAGA

Poesia é tudo que inspira 44
CLOVIS SANTOS

Sempre em pé 45
DAYSE LOURENÇO

Fotografias 46
DEBORAH TATIANE

Encontre-me 48
DEISEANE DE PAULA GONÇALVES

Me diz 49
DEISEANE DE PAULA GONÇALVES

Eu não tenho medo, só que eu sou fraco 50
DIONÍSIO

Encontro, paixão e beleza – Literatura 51
DENISE MARINHO

Almas errantes 52
ENEIDA MARQUES

Vida e hora 53
ENEIDA MARQUES

Quando eu li a "Insuportável Leveza do Ser" 54
FÁBIO SOUSA

Estátua viva 56
FELIPE BOLELI

Manequim 57
FELIPE BOLELI

Retrovisor 58
FELIPE BOLELI

Aquele do primeiro beijo 59
PIPO R. ANANIAS

A cor dos teus olhos 60
FELIPE SOBRERO

Vice e verso 61
FÉLIX BARROS

Momento mágico 62
FERNANDO JOSÉ CANTELE

Bálsamo 63
FILASTOR BREGA

A estrelinha e a lua 64
FRANNCIS E LIZ

Alçar voo 65
FRANSHWANNE SANTOS RIBEIRO GUIMARÃES

Em sal 66
GABRIELA GOUVÊA

A Princesa do Norte 67
GERALDO MAGELA DA SILVA ARAUJO

Inquietude 68
GIOVANI ANDRÉ DA SILVA

Poesia estranha 69
GLEIDESTON RODRIGUES DOS SANTOS

Um poema vivo 70
GLEIDESTON RODRIGUES DOS SANTOS

Amor 71
GRAZI CUNHA
Beleza 72
GRAZI CUNHA
Felicidade 73
GRAZI CUNHA
Mãe 74
GRAZI CUNHA
Medo 75
GRAZI CUNHA
Os caminhos 76
GRAZI CUNHA
Perdida 77
GRAZI CUNHA
Violência 78
GRAZI CUNHA
Na ponta do lápis 79
Dente-de-leão 79
Primavera 79
GUILHERME BALARIN
Bagunça 80
HEITOR BENJAMIM
Lágrimas no funeral 81
HILDA CHIQUETTI BAUMANN
Vim morar aqui 82
HILDA CHIQUETTI BAUMANN
Poesia desnuda 83
ISABEL GEMAQUE
À semente dentro de mim 84
ISIS OLIVEIRA
Seria a vida poesia... 85
IVAN LYRAN
A geração do quarto 86
JANE COSTA
A poesia de cada dia 87
JANE COSTA

In Fluidez 88
JAQUELINE DA SILVA SOUSA

Camelo beduíno 89
JÉSSICA GOULART URBANO

Coisas de ti 90
JÉSSICA GOULART URBANO

Denúncia 91
JÉSSICA GOULART URBANO

Tulipa negra 92
JÉSSICA GOULART URBANO

Voo 93
JÉSSICA GOULART URBANO

Haja luz! Houve poesia! 94
JOÃO JÚLIO DA SILVA

Alegria de amanhecer 96
JOÃO DE DEUS SOUTO FILHO

Dívida 97
JORGE ACKERMANN

Espere por mim 98
JORGE ACKERMANN

Sobre amar alguém 99
JORGE ACKERMANN

Identidade 100
JOSÉ MARCOS RAMOS

Marejados 101
CÉSAR AMORIM

A moça da janela 102
KARLA CASTRO

Onipresença 103
KLEBER MESSIAS

Delicadeza 104
LEANDRO OLIVER

Antigos poemas 105
LUCIANO ARRUDA

Um sopro 106
LUIZ DJALMA

Recomeço 108
MAISA SANTOS

Não precisa mais 109
MARCIA BRITO

Descabida poesia 110
MÁRCIO CASTILHO

Sobrevivente 111
LINA VELOSO

Inquietação 112
SAÚDE PAIVA

Travessias de mim 113
MARIA DE FÁTIMA FONTENELE LOPES

A poesia e o crochê 114
LU DIAS CARVALHO

Flor eclusa 115
MARIA DE LOURDES TELES

Cafuné 116
VALÉRIA PIMENTEL

Físico e intangível 117
MÁRIO FÉLIX

Me visto de poesia 118
MARILDA SILVEIRA

Hi-tech 120
MÁRIO FÉLIX

Coisa de alma 121
MÁRIO FÉLIX

Onde nasce a poesia? 122
MARLI BERALDI

A cidade sonha 123
MATHEUS MORETO

Jardim semeado a lápis 124
MICHELE NASCIMENTO MELO MAGALHÃES

Poetizando 125
MICHELLE BONAFÉ

Aurora 126
MOACIR ANGELINO

Sonhar 127
MOACIR ANGELINO

Drama? 128
MÔNICA PERES

Um brilho de uma mãe 129
INQUE

Esmero! 130
MESTRE DAS LETRAS

Sol e Lua 131
NEUSA AMARAL

A foto 132
B. B. JENITEZ

Chuva 133
B. B. JENITEZ

Girassol 133
B. B. JENITEZ

~ obrigado 134
PATRICK TAVARES

Princesa Mariana Bridi 135
PAULO ROGÉRIO DE OLIVEIRA COSTA

Ser poeta 136
PAULO AZEVEDO

A dor 138
RAFAEL MONTOITO

Requintes de sensibilidade 140
PIETRO COSTA

Soneto de amor 141
RAFAÉLA MILANI CELLA

Assemblage 142
REGIANE SILVA

Manuela 143
NADO CAJU

A cara da Morte 144
NADO CAJU

Amor de vó 146
NADO CAJU

Cabelos vermelhos 148
NADO CAJU

Quero sim 150
NADO CAJU

Poema e poesia 152
RENATA VASCONCELOS

Petrarca 153
ROGER JOSÉ

A medida do amor 154
ROMERO PIO

O instante de um momento 155
ROMERO PIO

Não me faça perguntas 156
RONILSON FERREIRA DOS SANTOS

Poesia 157
ROSANGELA SOARES

Poe-me-ti 158
SAMARA KÁSSYA DE OLIVEIRA ALMEIDA

Poe-me-se 160
SAMARA KÁSSYA DE OLIVEIRA ALMEIDA

Poema para Lis 161
SANDRA MEMARI TRAVA

Onde mora a poesia 162
SÉRGIO STÄHELIN

Despatriados 164
SÍLVIA CRISTINA LALLI

Porque Te Amo 165
SUELI ANDRADE

Meu amado 166
TANISE CARRALI

Poema cinza 167
THIEGO MILÉRIO

Poética 168
THIEGO MILÉRIO

Por onde andará Severino Filgueira? 170
TÚLIO VELHO BARRETO

Honre a vida, siga a missão! 171
VANESSA VOESCH

Aprisionada 172
VERA OLIVEIRA

A Rainha de Copas 174
VERONICA YAMADA

Para o mal que me devora 175
VERONICA YAMADA

Sinestesia 176
VICTOR RODRIGUES DOS SANTOS FILHO

Dialética poética 178
WALTER AZEVEDO

Seu olhar 180
WALTER LUIZ GONÇALVES

Sublime cenário 181
WANDA ROP

Caiu poesia 182
ZENILDA RIBEIRO

Poesia mestiça e plural 183
ZINEY SANTOS MOREIRA

Parusia 184
V. S. TEODORO

Conectados 185
V. S. TEODORO

Quando tudo é poesia 186
RONALDSON (SE)

Escrever poesias 188
RONALDO MAGELLA

Verba volant, scripta manent 189
FERNANDO SANTOS

Vestida de poesia 190
LUCINHA AMARAL

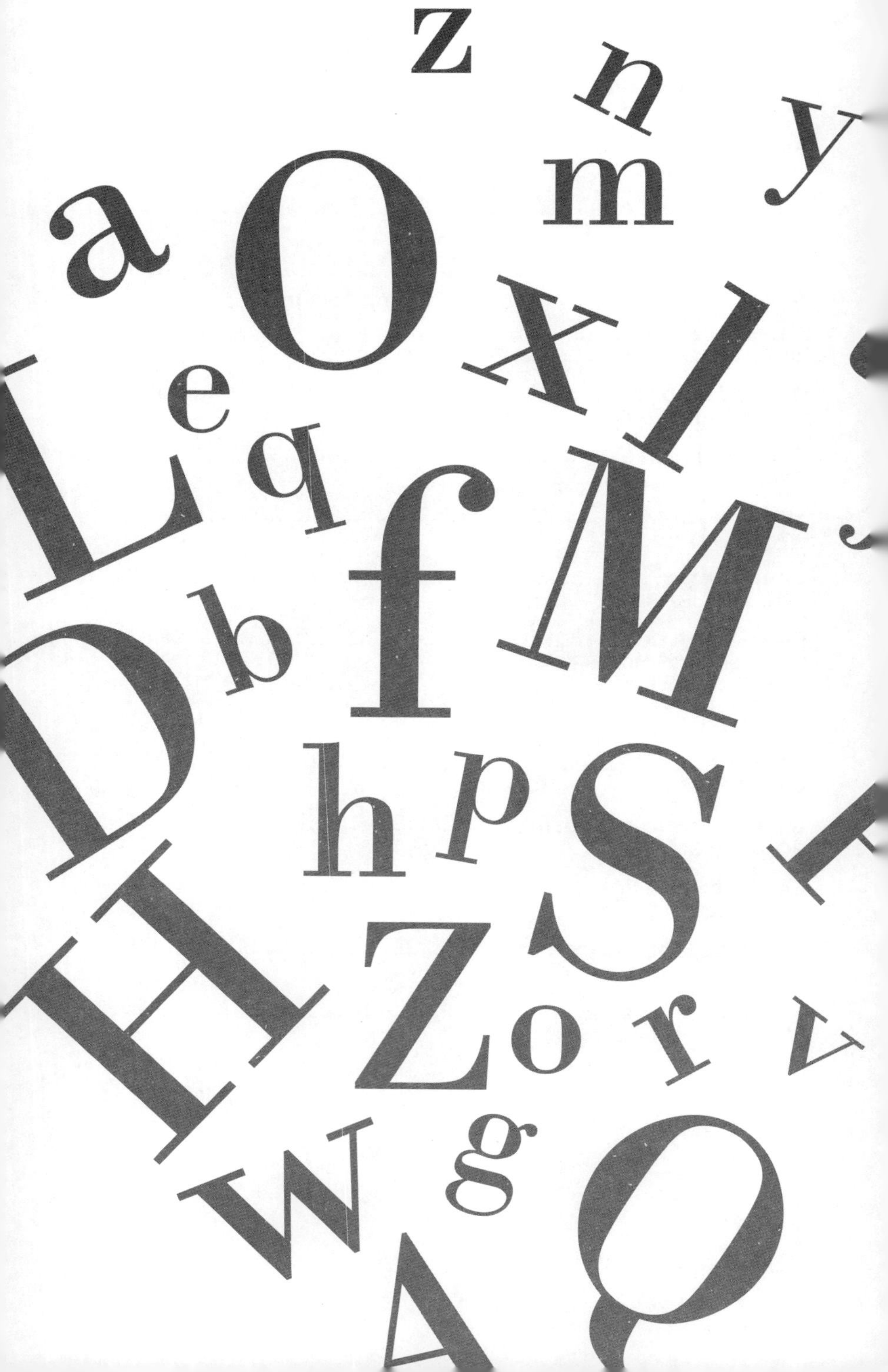

Gostar do que faz

ADRIANA FERREIRA DA SILVA

Gostar do que faz traz paz e harmonia para o coração.

Ser professor nos dias de hoje está ficando enigmático demais.

As informações andam revolucionando o mundo, a população hoje em dia vive antenada.

É informação para todo lado! Cada um querendo saber mais que o outro.

Nesse mundo meio conturbado, é complicado querer definir para o outro, um estudante, o que fazer.

Cada ser humano trabalhando muito, e às vezes, sem entender direito o que vem acontecendo, influenciando o seu adormecer.

Tantas mudanças! Tantas!

Vamos aos poucos nos envolvendo com tantas ideias.

Fato é que informação não é conhecimento. É apenas informação!

Tantos informados no mundo e com desconhecimento de assuntos fundamentais!

Valorizamos coisas banais e deixamos para trás

fatores imprescindíveis, essenciais.

Gostar do que faz é extremamente imperioso, porque facilita um dos propósitos da vida, estar bem, e na maior parte do tempo, em paz!

Afetos

ADEILZA GOMES DA SILVA BEZERRA

Um presente, para além
de um objeto funcional
Quando dado com amor
Sai do modo racional

O valor de um presente
É da ordem sentimental
Nem sempre o mais caro
Traduz uma sinceridade relacional

Da opção pela embalagem
Ao artefato cultural
Um ritual afetivo
Faz do mimo algo sensacional

Das mãos de quem presenteia
às mãos do agraciado,
pelo modo emocional
Tudo fica conectado

Seja mimo, seja presente
Não importa a denominação
Um presente só faz sentido
Quando dado de coração

Presente é laço
Abraço mesmo na ausência
E sendo lembranças de afetos
Nele, o outro faz-se presença

A poesia inserida no mundo

ALBA MIRINDIBA

Escrevo um poema
E logo me apaixono.
Expresso sentimentos,
Me emociono.
Na terra há tanta beleza,
Espalhada pelo seu dono:
Nas pessoas,
Na natureza!
Tudo se transforma em poesia,
Para nossa satisfação,
Para nossa alegria.

Nos olhos de Bovary

ALESSANDRA R. DE M. SOUZA

Foi no espelho onde eu vi,
Meu reflexo nos olhos de Bovary
Tentei negar, mas minhas feições
Mimetizam todas as contradições.

Uma sinfonia completa ecoa,
Mas algo nesta melodia destoa
Mesmo quando tudo que canto é poesia,
Ao afagar meu ego, jaz mais sombria.

Eu admito, alimento más inclinações,
Afundando em um poço de paixões,
Se me apego à Madame Bovary,
Posso ignorar tudo que perdi.

Tranco a sete chaves em meu âmago
Negando meu interior lânguido
Que a felicidade está no servir
Na simplicidade do existir

Um gesto de amor não percebo,
Um sorriso de lascívia eu desejo,
Morrendo aos poucos por não enxergar,
Que o amor grita para eu escutar.

Bovary, preenche o vazio com prazer,
Mas algo melhor espera ao amanhecer,
No fundo eu sei, sem medo, sem temor,
Preciso matá-la com uma adaga de amor.

Um olhar

ALTINO MAYRINK (SAÚVA)

A praia entra na gente
Quando o mar e o sol se juntam
A areia quente abraça os pés
E o coração se acalenta

O coração dentro do peito
Bate forte em sentimento
O planeta fica bem maior
E a vida cresce, arrepia

A vida do mundo todo segue
Passos instáveis no caos
Mas o fim chega sempre

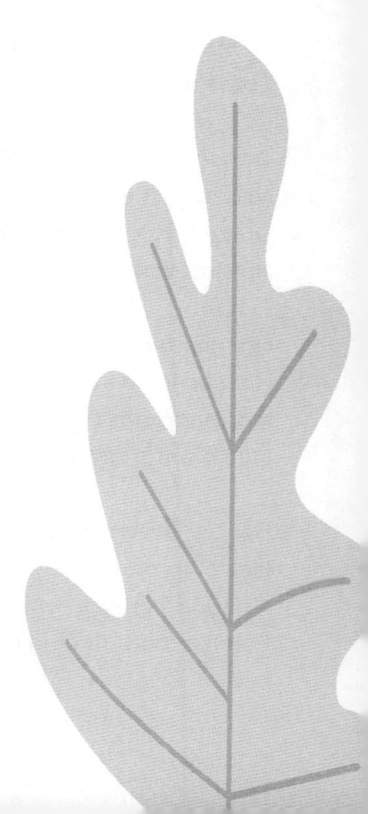

Mulher é poesia

AMANDA FRAGOSO

Somos únicas em meio à diversidade
Independente do momento e idade
Somos simples e complexas
Analógicas e conectadas

Simplesmente somos
Queiram ou não, existimos!!!
Lutamos e resistimos
Não desistimos!!

Seguimos a batalhar direitos,
Conquistar espaços,
Unidas e em cumplicidade
Adiante em busca de equidade

Quem sabe em meio a tudo isso a felicidade encontrar
e talvez, de repente, não mais que de repente,
deparar com alguém que saiba e mereça amar

Mulher é alegria,
resiliência, sabedoria,
MULHER É POESIA!

Rugas

ANA BEATRIZ CARVALHO

Rugas são memórias.
Contam múltiplas histórias.
Detalham épocas e trajetórias.
Relatam superação e emoção.

Rugas são a certeza da flexibilidade.
Ampliam a consciência sobre a eternidade.
Tocam os Céus na Terra.
Firmam convicção de novos tempos com mais serenidade.

Rugas desenham, modelam, alteram, transformam.
Companheiras nos caminhos da vida,
Imprimem na face recordações sentidas,
Mantendo-nos conectadas com a lida.

Rugas são rugas.
Por que apagá-las?
Por que renunciá-las?
Trazem o tônus da existência para vibrarmos em elevadas frequências.

Rugas confirmam a continuidade dos dias.
Amparam-nos com a sabedoria amiga,
com a virtude que pacifica,
envolvendo-nos em sagrada melodia.

Rugas anunciam os ciclos da natureza
presentes no corpo, na alma, no espírito.
Revelam a maturidade com clareza.
Viver bem torna-se prioridade.

Celebremos a vida,
reverenciando as rugas!
Para além dos momentos passageiros,
acolhermos aqueles que são perenes e verdadeiros.

Coisas que eu faria se fosse você
(mas felizmente não sou, porque, sinceramente, eu nem sei quem você é agora)

ANA GABI VASCONCELLOS

não consigo pensar em nada,
porque eu fico me perguntando:
o quão fora de mim eu deveria estar
pra fazer só uma parte do que você me fez sentir.

aquilo foi injusto.
foi jogo sujo, e eu sempre soube,
você é uma péssima jogadora e uma péssima perdedora,
por isso não se conteve ao fazer de tudo para ganhar.
e ganhou.

parabéns!
aqui está o seu prêmio: meu coração partido.
minhas lágrimas silenciosas, que gritaram por mim.
meus questionamentos de onde foi que eu errei?

eu poderia agir da mesma forma que você
e viver como se nada além de mim importasse,
mas aí seríamos duas pessoas quebradas,
quebrando as outras.

eu poderia fazer diversas coisas se eu fosse você,
mas, felizmente, eu não sou.

Serendipidade

ANA GABI VASCONCELLOS

eu queria ter te conhecido antes e
ter visto a primeira vez
que tua pupila dilatou
quando o esperado foi dito
quando o lugar certo foi tocado
quando o amor te encontrou

queria ter te conhecido antes
mas eu nos perdoo por termos demorado
demorado o suficiente pra não
dar mérito ao acaso
mas agradecer ao destino
por ter cruzado
teu caminho ao meu
tão perto que eu pude então
ver a tua pupila dilatar.

eu chamo de serendipidade
essa descoberta afortunada do meu amor em você.

Minibiografia em poesia

ANA BLANCATO

Ana Blancato é fumante da vida
Que traga arte e expira poesia
"R-existe" desde a psiquiatria
A escrita sempre foi a sua anestesia
Tanto no papel quanto na melodia
Ascendente em câncer e Sol em sagitário
Sua alma é um velho relicário
Rimar é o seu ponto fraco
É o que a tira do buraco
Conhecida como "Ana Drama"
Ou a odeia ou a ama.

Amor: Devaneios desconexos

ANALU KATTAH

Não, não, jamais...
Não vou falar desse amor...
Desse amor cortês, de namoro
Casamento ou rolo.

O que não sinto não me faz viver
Crescer, crer, surpreender ou me arrepender
De ter dito o anteriormente citado
Terrível pecado, temível estrago
Sem razão ou sem agrado
A castidade é fato consumado.

O que faz da criatura maior que o ser,
Se poder não é querer?
Por que tão grande e suntuoso
Castigo formoso,
Tão fácil de querer e viver
Faz do arrepender, morrer
Precoce perecer?

Não, porque não... e talvez sim
Olvidara-se de mim
O amor cortês por querer ou não...
que apenas de sangue viva o coração
e faça da cabeça o condão,
O verdadeiro mistério da paixão...

Paralisia

ANALU KATTAH

Silêncio mórbido acompanhando corpos congelados
Pela seca omissão da emoção fragmentada no nada
Mantendo a mente presa ao chão deteriorado
Em processo de degradação apodrecendo do nada

Os pés não tocam o chão na areia movediça
Amarrados, eles estão dificultando a saída
Desta torpe situação piorada pela preguiça
Avareza, orgulho da alma abatida

Retraída, decaída, subtraída e destruída
A carne imóvel jogada às traças está distraída
Entregue à inércia teve sua força extraída

Ah, marionete... seus dedos estão atados
À linha vermelha do destino genocida
Ao beco sem saída, a morte foi atraída...

Será o caminho sem volta
Ao fracasso fadado?
Será o fim da história?

Será o medo o rei que governa e condena
A falta de atitude com a ameaça do caixão?

Ávida estou, pela liberdade mudo a escrita
Marasmo me enojou, vou rompendo essa patifaria
Dessas cordas que não prendem mais a minha vida

Onde está a poesia?

ANA CORDEIRO

A poesia
Está em mim, em você
No nosso sentir
No ouvir
E no dizer

Onde está a poesia?
Posso vê-la
Na folha que o vento leva
Não se sabe pra onde
Nem qual a sua intenção

Só sei que a poesia e tudo aquilo
Que nos toca a emoção
Desde as peripécias da natureza
Até os mais tenros sentimentos
Trancados no fundo do coração

Ah! A poesia
Povoa os nossos pensamentos
Despertando a magia
Do viver e se descobrir
A cada novo dia

Rota

APARECIDA HIDENARIA MEDEIROS DO CARMO

Contra o vento vou em frente
Em corda bamba passo sem medo
Sem dores, brinco com as cores
Quando me liberto
O veneno me consome
A minha sombra vejo no escuro
Sem sede, sem consentimento
Bebo sentimentos
A dor escorre no suor
Amor inato
E tudo que ofereço é finito
E só dura enquanto mereças
Quero infinitamente o fim
Enfim, assim, esqueça-me

Poesia

BÁRBARA DANIANE

Poesia de amor
De desamor
De dor

Poesia de alegria
De fantasia
De agonia

Poesia de repente
Transparente
Que não mente

Se estampou em tua face
No arrepio do corpo
Em um sentimento confuso

Não tem forma
Mas transforma quem sente.

É poesia

NJELE SONGA

Numa verdadeira fantasia
Exponho a minha alegria,
Num orgulho eloquente,
Felicidade da gente!

Tudo é mesmo,
O nosso cosmo!
Organização emotiva,
Energia que cativa!

Viver é poesia,
Fascinante ataraxia!
Só deixa feliz,
Ouça quem diz!

Acha-se utopia,
Sorrir quando não queria,
Mas tudo é diversão,
Para animar o coração!

Fazendo-te perceber
Que poesia é viver,
Uma existência clara,
Clareza verdadeira!

Amor

BRUNO MACHADO

Desde que te encontrei,
Não tenho medo do futuro.
Pois quando estou contigo,
Me sinto seguro.

E posso dizer, com certeza,
Que minha vida é boa.
Pois encontrei amor e amizade,
Em uma mesma pessoa.

Não são quatro paredes,
Nem uma cerca, ou um telhado.
Lar, para mim, de verdade,
É estar ao seu lado.

Contigo eu sinto paz,
Tranquilidade, confiança e amor.
E posso em teu ombro deitar,
E fechar os olhos, sem temor.

Antes de ti, eu nem imaginava
Que poderia ter algo assim.
Pois estar contigo redefiniu
O que é amor para mim.

Pensar em ti me faz
Chorar de gratidão.
Em saber que estaremos juntos
Pelos anos que virão.

Delicado

CAIO ARAÚJO

Eu costumava lutar pelo que acreditava.
Agora acredito que não devo mais lutar.
Você costumava errar pelas suas crenças.
Eu pedia desculpas pelo seu erro.
É triste saber que meu sonho chegou ao fim.
É feliz saber que meu sonho chegou ao fim.
Disperso,
Lutei para ser aceito.
Escondi os brinquedos na casa de papel enquanto os donos brigavam entre si.
Cordas bambas,
Sepulturas invadidas
Limites cruzados
Tudo que sobrou é aquilo que é delicado.

Fissura

CAIO ARAÚJO

É o que acontece na véspera.
Na véspera da palavra lançada.
Na véspera do conflito não resolvido.
A febre que foge dos termômetros.
A palavra não dita que corrói a mente.
É o que acontece no começo.
Água.
Deságua.
N'água.
Mágoa.
O que envenena o jardim da infância.
O que destrói da plantação da mocidade.
Às vezes é necessário vomitar palavras mal digeridas e situações bem constrangidas.
A paz esconde a guerra.
O nó vira fissura.

Um lugar

CARLOS AFFEI

Há um lugar em mim
que se esconde
que se deixa apenas vislumbrar
em momentos desatentos
que se comunica por enigmas
e parábolas de difícil entendimento.
Tão real este lugar
tão próximo
mas tão distante!

A magia dos poemas

CARLOS MARCOS FAUSTINO

Nasci quase primavera
Setembro, no quinto dia
Acolheu-me a poesia
Nem sabia o quão bom era
A sorte que Deus me dera
Com tantas bênçãos supremas
A vida tem lindos temas
Sentimento tão divino
Me encantei desde menino
Com a magia dos poemas

Transitei em tantos versos
Velejei em mil canções
Me afoguei nas emoções
Amores os mais diversos
Sentimentos tão dispersos
Fui colhendo a duras penas
Inspiração foi apenas
O melhor sopro divino
Me encantei desde menino
Com a magia dos poemas

Desencontro

CÍCERA LACERDA

Não cabe tudo
Dentro da rima
O que se sabe
É que cabe
Um quase

Que se
Configura
Se esvai
E finda

Nesse poema
Não cabe a gente
Não encontro tu
Virgulo, o eu,

Nestes floemas
Em qual exatamente
O encanto se perdeu?

Não houve o nós
Ficamos sós
E a este desencontro
A poesia se rendeu

Café

CÍCERA LACERDA

Café:
Eu e tu.
Pronomes...

Pessoas casuais.
Encontros oblíquos.
De posse, tenho lido.
Demonstro em reta cheia de amor líquido.
Defino esta minha breve xícara.
— Mais um café, por sabor!

Egoísta a paixão

CLÁUDIO ALMICO

— Tens em teu peito a paixão, tenho a razão.
— Sou razoável em dizer que a razão incomoda-me quando o peito fala.
— Então fuja da frieza do coração aquecido por tua ausência e que te quer tolo.
— Ausento-me então da parte que sou?
— Sabes?! Quando abraça-te à dúvida quase alcanças a beira do conhecimento, mas logo se deixa afogar pela tolice.
— Puxa-me a ignorância da paixão que deixei subjugar-me, como uma âncora, puxa-me.
— Seja dono do teu desejo. Lembra-te que o chamou de tua parte. Esta é a paixão que sentes. "Amas" a ti mesmo.

Ramalhete

CLEOBERY BRAGA

Ramalhete vou te dar
Com todas as flores que há
O perfume vou lembrar
Sempre que te abraçar

As flores sei que gostas
Os girassóis são relevância
As rosas todas dispostas
Os aromas são fragrâncias

Que lembram teu cheiro
De longe sinto no ar
Como um bom cavalheiro
As mais belas vou te dar

Os girassóis vão girando
Para a luz do sol encontrar
És a mais bela das flores
Que eu posso idolatrar

Poesia é tudo que inspira

CLOVIS SANTOS

A poesia é o resultado de um dom supremo
Poetisas e poetas em uma junção de sentimentos
Estrofes ajustadas, versos que se moldam
Em cada leitura conta sempre uma história
Que se perpetua em um papel...
De muitas e belas palavras como as estrelas lá no céu.
A poesia traz o perfume das flores
Enaltece a mais linda natureza e seu mostrar de cores
É nela que nascem também as mais lindas paixões
Que cantam cada beleza humana em suas canções
A poesia é aquela saudade sentida
As lembranças de pessoas tão queridas
As lágrimas que descem em nosso rosto
Aa gotas de chuva que percorrem nosso corpo
A poesia é o reflexo da minha tão linda amada
A luz da lua a iluminar por toda a madrugada
Os sonhos de um poeta que só pensa nela
E que torna a minha vida sempre assim tão bela
A poesia é tudo que inspira em nosso universo
Formando a fluidez de ritmos, de sons, de rimas e versos
E a cada composição escrita e lida
Traz o frescor, o amor e o encanto à nossa vida.

Sempre em pé

DAYSE LOURENÇO

Ele a aguarda na baia, sempre em pé.
Ouve o perfume antes de sua voz.
Uma carícia faz tremer a pele, eriça pelos.
Agarra-se à sua crina e monta,
amazona virtuosa, como se violinista fosse.
Partem os dois a cavalgar distâncias,
não se distingue condutor de conduzido.
Sonhos e intenções emaranhados
desenrolam-se no campo sem trilhas.
Sobem morros, descem cascalhos,
bebem água fresca, molham-se cansados,
deitam-se à sombra a conversar silêncios.
Tomam um arco do caminho, é hora.
Retornam plenos de suor e risos mudos.
Ela o guarda na baia, sempre em pé.

Fotografias

DEBORAH TATIANE

Poderosa! Sim, tu és!
Congelas o tempo e o sorriso,
O abraço e os amigos...
Registro de lembranças.
És fiel ao presente e com ele ficas eternamente...
Fixa um instante, desde o singelo ao exuberante!

Teu criador foi um gênio!
Porque contigo ficam sentimentos
Desde os esquecidos aos serenos...

O tempo te repaginou, mas a tua essência ele não tirou.
Continua congelando-o.
Te deixou mais acessível, mais fácil e mais veloz
Mesmo assim, continua congelando...

Congelas o que se foi, o que ainda está
E o que para sempre ficará.
Congelas o que não se pode esquecer
Congela a infância e a esperança!
E ainda consegue contar histórias sem uma palavra dizer.

Conta em forma de sorrisos, de abraços, de sabores, de cores
E até o que não se vê...
Deusa de instantes!
Traz nostalgia
És sinestesia!
Nos permite reviver o que o tempo não pode mais trazer ou devolver...

Deusa de grafias do momento. Fotografias...

Encontre-me

DEISEANE DE PAULA GONÇALVES

Traga-me sorrisos
De preferência o seu
Chegue mais perto
Deixe a chuva passar
Aproveite o tempo e a companhia

Traga-me olhares
E já sabe qual vou querer
Aquele bem tímido que me deixa na dúvida

Traga-me inteiramente,
Não em pedaços
Sentirei seu corpo de leve
O pulsar forte do coração,
O calor da sua pele, a respiração ofegante
Minhas mãos deslizam em seu corpo
E sem dizer uma só palavra
Me perco em seu olhar

Me diz

DEISEANE DE PAULA GONÇALVES

Ela é o coração pulsante
O prazer de querer mais
Tradução sentimentos
Mesmo distante
Segura minha mão
Enxuga minhas lágrimas
Me faz querer amar
Viver um pouco mais
Às vezes a sinto
Pertinho de mim
Encontrei nela a amizade
Que talvez procurava
Nos permitimos falar
Abrir o coração
Nos descobrir e redescobrir
Mesmo distantes somos confidentes
Me permito ser a pessoa que ainda presa se liberta
Dou sorrisos que nem imagina
Curto cada momento
O amanhã não sei
O tempo dirá....

Eu não tenho medo, só que eu sou fraco

DIONÍSIO

Deu até vontade de ir embora e de sair correndo e continuar correndo.
E agora? E agora?
Seria bom acordar enquanto você ainda dormisse. E se eu voltasse com um café e te beijasse.
O primeiro dia mais frio do ano teve algo que eu realmente gostaria de ter visto em um lugar onde eu realmente gostaria de ter estado. Minha imaginação me levava até lá.
Como um louco, quis uma loucura respectiva ao coração e deixei essa luz vivificada, acesa.
Eu percebi que não tinha erro, que o tempo não existia mesmo.
Algo parece acabar, mas não acaba.
Começou sem início.
Vê que parece que não era nada e que esse nada deixa tudo de outro jeito, de outro jeito bem bonito e melhor.
O que quer que seja pouco o que eu viva, preencho com qualquer vida que eu tenha e dia que eu passe.
Qualquer coisa que me assombre, venço com o sol que sou.
Eu beijo a luz antes que ela chegue.
Momentos feitos de argila para quando você surgir de si mesmo.
Depois de muito, muito silêncio, calar.
Muito silêncio, então você se cala, daí você olha, observa, admira, maravilha-se e enxerga.
O amor não tem altura, mas se tiver, você pula.
Depois é agora.

Encontro, paixão e beleza – Literatura

DENISE MARINHO

Nas lacunas e traços do viver
Me encontraste
Vida meio sem vida, sem definição
Métricas desordenadas e desencontradas
Entediada estava com a rotina
As Letras tomaram forma aos poucos, versos, rimas e trovas
Você tomou todo espaço, honra a minha
As Letras me dominaram, sou refém
Intencionalmente me entrego
Quando pensava ter escapado me perseguia
Aguardava-me nos labirintos da vida
Poesia me adocica o olhar
Sacia pensamentos borbulhantes
Poesia, és acústica, silenciosa e musical
Queria ser independente de ti
Quando percebo estou feliz nas teias do poema
Que toma minha mente
Toca meu coração e preenche
Somos únicos no refletir e escrever
Agradeço por me escolher
Aceito, me rendo e compreendo
A arte de poetizar transbordando inspiração me fez Poeta, Poesia e Beleza.

Almas errantes

ENEIDA MARQUES

Almas observam na janela, percebem cada amor que nasce, cada primeiro encontro, cada olhar, cada arrepio na pele.

Antes mesmo dos amantes saberem que estão apaixonados.

Amores duradouros, amores de verão.

Mesmo os que duram só uma noite; são observados por essas almas que um dia amaram.

A esperança, a ilusão, o que as mantêm vivas é o sonho de um dia saírem da janela, voltar a amar, voltar à vida.

Vida e hora

ENEIDA MARQUES

Um minuto inteiro e nada.
Um dia inteiro e nada
Uma semana inteira e nada.
Um mês inteiro e nada.
Um ano inteiro e nada.
Uma vida inteira e nada
Nada inteiro
Metade de nada
Nada é tudo.
Em um minuto, é tudo ou nada.

Quando eu li a "Insuportável Leveza do Ser"...

FÁBIO SOUSA

Quando eu sonhei com a Revolução
você nem tinha nascido
Do nada,
Encontros improváveis
vidas distantes, esquecidas

Diante dos abismos
esbarrões esporádicos, inesquecíveis
risadas singelas
olhares furtivos, infinitos

No mundo de regras gélidas
outros caminhos foram traçados
fantasias, sonhos
melodias e danças vividas

Tempos distantes, almas poéticas
sentimentos múltiplos
liberdades e rebeldias ressentidas

De universos passados
uma ponte foi erguida
um breve toque foi dado
um amanhã foi sonhado
e depois esquecido

Não existe explicação, nem motivos
apenas encontros distantes
risadas sinceras
e olhares melancólicos e macios

Estátua viva
FELIPE BOLELI

quando sentir pela extremidade dos pés
o entrechoque mortal de blocos gigantes de terra,
e os joelhos ruírem em suas estruturas debilitadas,
o peso das coxas crescer, ancorando no leito do mar,
quando apontar com o quadril e o ventre
para direções incomuns,
vivenciar formigas saracoteando na barriga,
quando o estômago for devorado por insetos,
as batidas do peito virarem percussão,
quando de toda garganta fechada
surgir o desejo súbito de ferocidade,
quando lamber os lábios
por fome de vinho, poesia ou virtude,
e o olhar ranger inquieto,
sobretudo, quando perceber a qualidade inexorável da inércia
dar seus primeiros sinais de fraqueza,
e os impulsos nervosos
cataclismicamente invejarem o tremor do chão,

mexa-se.
com veemência, mexa-se.

Manequim

FELIPE BOLELI

me olham de todo jeito
me dizem que eu sou alguém
eu falo comigo mesmo
me digo: eu
e digo: quem?

Retrovisor

FELIPE BOLELI

não dou acesso, Joaquim
às avenidas e parques frontais
terás de esperar no trânsito
de pé, segurando sacola
sem saber que hora chega a hora
como todos os demais

sob véu claro, remexo
então outra espécie de eu sou
que nasce sem saber que nasce
e só percebe que é nova pele
quando a dor do parto acabou

no caos de uma cidade
verás, Joaquim, essa imagem
de corpo agora presente
dirás pra si mesmo
já foi vivo, quase vivo, defunto
e eu, que sou curioso, pergunto
que vê ele ao olhar pra frente?

Aquele do primeiro beijo

PIPO R. ANANIAS

Gelado e quente ao mesmo tempo
E diziam que deveria ser lento
O que fazer, eu não sabia
Mas percebi que ela eu não queria

No final eu cedi à pressão
A sociedade quer sempre um homão
E o que era para ter emoção
Só serviu para livrar da coação

Era como se fosse um batismo
Celebrando a glória do menino
Que percebeu depois de adulto
Como é péssimo o tal do machismo

A cor dos teus olhos

FELIPE SOBRERO

Teus olhos são mais vistos do que veem
e esta cor que é deles é mais que beleza,
é a alegria mais pura (com toda a certeza)
daquilo que amas e não vives sem.

De dia é a flora, é o verde da grama,
é o verde da aurora suspensa no ar.
Então chega a noite e o verde ela toma:
vem como o outono e os faz castanhar.

E eu sei que a razão vem do alto do céu,
de estrelas distantes que estão a te olhar.
O encontro do verde (como num carrossel)
com a luz já vermelha que vem te encontrar.

E resulta o castanho que é apenas teu
essa cor que se forma e encanta o luar.
De dia é o verde que a vida lhe deu.
De noite o castanho que o céu vem lhe dar.

Vice e verso

FÉLIX BARROS

O poema vice e verso
Reverso da expectativa
Da luz nas esquinas dos sonhos,
Som debaixo da máscara dos dias
Pura melodia aflorando no riso
Porque o vento beijou essa face
E o arrepio tocou notas graves
E desenhou loucas liberdades
No caderno de notas vazio
E pintou flores e correu rios
Consolidou estruturas e vigas
Deu um zoom nas perspectivas
Em *slow motion* capturou essa alma
Só não envasou seu conteúdo
Porque transborda e transcende o viver

Momento mágico

FERNANDO JOSÉ CANTELE

Escrever é um ato perigoso
Para si e para outros
Revela abismos e refúgios
E um universo silencioso
Na jornada das palavras
A essência e o prazer
São almas perdidas
Entre o ser e o fazer
Procuramos dar sentido
Para a vida que ninguém vê
Na sombra caótica
De um mundo incompreendido.

Bálsamo

FILASTOR BREGA

Da minha vida você é o meu bálsamo
Cura minhas dores e minhas feridas
E ainda dá alegria paras coisas tristes

És a minha retina
Que ilumina todos os caminhos
E dá sentido pra minha existência

Às vezes também me judia
Pra eu não ficar mal-acostumado
Pra eu fazer um maior esforço
Pra ser melhor do que estou sendo

Sem você meu mundo seria diferente
Quem sabe só desamores e lembranças ruins
Você me deu tudo de bom que eu podia querer

Você é meu grande amor
Você é meu grande amor
Você é meu grande amor

A estrelinha e a lua

FRANNCIS E LIZ

Estrelinha pisca, pisca lá no céu,
Como a lua sua amiga, sua irmã,
Cobre o céu de luzinha colorida
Pra eu dormir com paz no meu coração...
Estrelinha pisca, pisca lá no céu,
Como a lua sua amiga, sua irmã,
Chama todas as estrelas amiguinhas
Pra proteger meu sonho da escuridão...
Estrelinha pisca, pisca lá no céu,
Como a lua sua amiga, sua irmã,
Olha sempre para mim, minha família
Pra eu viver sem medo da solidão...
... Dona lua, dona lua, eu te peço
Pra ajudar a estrelinha, sua irmã,
Ela sozinha pode ficar tristinha
E apagar a luz da sua imensidão...
Dona lua, dona lua, eu te peço
Pra ajudar a estrelinha, sua irmã,
Toda noite vou ficar aqui te olhando
Com meu anjinho do lado em oração...
Dona lua, dona lua e estrelinha
Eu tenho as duas no meu coração
À noite vejo vocês iluminando meu sonhar
E de manhã tenho o universo inteiro na minha mão...

Alçar voo

FRANSHWANNE SANTOS RIBEIRO GUIMARÃES

Em instantes busco os pensamentos
Sob a herege da verdade ofuscante,
Se me calo, sufoco, me ausento
Mas se brado, me liberto e saio em voo.

Há instantes em que seguir mesmo que doa,
Ainda que abandone a alma que acalenta,
Há de ser a decisão mais doída,
Destinar priorizar a minha essência.

Diante de tamanha insanidade,
Aos olhos de todos que apontam,
O que há de ser a minha escolha,
Permanecer desejando alçar voo?

Certeza só há do que abro mão,
E das lembranças e momentos de alegria,
Segue o voo... hás de encontrar teus novos sonhos,
E pousas onde queiras a companhia.

Em sal

GABRIELA GOUVÊA

Sem pressa
Quando vier te conto
O mar me lembra o porquê
                       É lindo
Trouxe a urna e umas fotos
Meu Deus! Como fui feliz
A casa ficou pronta e vendi
Venta muito,
                 Venta
Espalho o tempo. Lembra?
As crianças na areia
Antes, bem antes
do outono em mechas, do lenço
                 Do choro
Cortei o doce
vivo em sal
E conservo
luz tranquila de quem perde
                 O fôlego
Jantei pérolas e sonhos
amanheci na água
Achei que te vi
mas era o sol
Quando eu chegar te conto

A Princesa do Norte

GERALDO MAGELA DA SILVA ARAUJO

Quantas cidades bonitas
Existem neste estado forte.
Entre elas, temos Colatina,
A nossa Princesa do Norte.

Tem praça com chafariz,
Banhada pelo rio magistral.
Um calçadão para passeio
E uma magnífica catedral.

Cidade dos universitários,
Vêm buscar conhecimento.
Encontram no belo cenário
Os que ensinam a contento.

E desta querida cidade,
Com tardes e noites belas,
Ficam recordações tamanhas,
De amizades sinceras.

Do dia de seu aniversário
Nós sempre vamos lembrar,
E cheios de ternura e carinho
Com uma festa comemorar.

Inquietude

GIOVANI ANDRÉ DA SILVA

Mora dentro de mim
uma certa inquietude,
um quê de desassossego.
Um mar revolto a atirar-me
contra as pedras.

Teima em bagunçar minhas ideias,
mudar meus pensamentos.
Vai fechando portas e abrindo
Janelas voltadas para sol.

Não se contenta e nem cabe nos conceitos.
Vive a rabiscar tratados nas paredes e
pintar utopias ao entardecer.

Me faz companhia, me afaga a face,
agita meus sonhos e revira minhas lembranças,
trocando-as de um lugar para outro.

Senta-se à mesa, bebe meu chá.
E aos poucos me ilude
Em falso silêncio.

Voa em asas de borboletas
a fazer tempestade na minha calmaria.
É transgressora minha inquietude.
Tem o tamanho do mundo
e cabe dentro de mim.

Poesia estranha

GLEIDESTON RODRIGUES DOS SANTOS

Poesia?
Que besteira é a poesia!
É a poesia esteira,
Estreita passagem?
Estrado? Estrago?
Estranho caminho?
Esteira onde me deito
Descanso e penso?
Talvez sim, talvez não!
Por ora,
Que ela seja essa estrada
Por onde ando
E me deleito no delito
De pensar nas coisas
Dessa vida.

Um poema vivo

GLEIDESTON RODRIGUES DOS SANTOS

Quero um poema vivo onde haja cores e sons
Livros e carrancas.
A natureza morta das frutas. Bananas, peras
E as maçãs do pecado original que cometi.
Quero um poema vivo
Que desperte o relógio pendurado na parede da cozinha
Da minha alma.
Ao lado de uma miniatura de um pote de barro, arte sã.
Quero um poema-índio com maraca em riste,
iPhone cósmico ancestral, conversando com Nhanderu.
Onde Monet seja um com lampião
No meu casebre sem luz.
Quero um poema de latitude 15
Com uma coruja cega ouvindo um rádio mudo.
Um poema vivo, eu quero.
Onde Charlie chocolate ande com mochila
No lombo dos bois de Gerião
Chamando juritis e araras.
O meu cabelo longo balança
Ao som do vento que me distrai.
Mesmo assim quero um poema-onde
Nada réstia de mim.
Um poema-sombra.
Alien de mim.

Amor

GRAZI CUNHA

O que seria de nós sem o amor
A vida seria sem cor
Os dias seriam sem dor
Os corações, sem sabor

Amar é acima de tudo se doar
Todos nós temos amor para dar
Viver sem amor seria um horror
Afinal nascemos para o amor

Algumas pessoas conseguem ficar sem amor
Outras quase morrem sem esse calor
Vamos viver cada segundo
Aproveitando tudo que tem no mundo

Amar a si mesmo
Amar o próximo
Amar a vida
Amar o mundo....

Beleza

GRAZI CUNHA

Se engana quem acha que beleza
É ter um corpo bonito
Um rosto lindo
Olhos azuis e cabelos longos

A beleza vem de dentro
Bondade, caridade, atenção
Ajudar o próximo
Fazer tudo com coração aberto

Aqueles que buscam só a beleza exterior
Se enganam totalmente
Porque aquela beleza que não apaga é a interior
Portanto busque constantemente
Podemos ser belos por dentro e por fora
É um exercício diário
Pessoas assim iluminam o caminho por onde passam
Perto delas nunca existirá escuridão

Felicidade

GRAZI CUNHA

Sou feliz ou acredito ser
Sou feliz ou queria ser
Sou feliz ou finjo ser
Sou feliz ou busco ser

Não sei dizer ao certo
Se a felicidade existe
Ou se inventamos ela
Para seguir em frente

Apenas ser feliz não basta
Ou não basta apenas fingir
Qual o verdadeiro sentido
A felicidade completa

Vou vivendo sendo feliz
Vou vivendo tentando ser feliz
Vou vivendo buscando
A tão sonhada e procurada felicidade

Mãe

GRAZI CUNHA

Palavra pequena e cheia de emoção
Ter uma mãe ou ser uma mãe
Um dia você está brigando com sua mãe
No outro você é a mãe e estão brigando com você

Um amor que não cabe no peito
Uma palavra pequena cheia de significados
Um abraço gostoso sem igual
Um brilho no olhar e uma ligação sem explicação

Ser mãe para mim
Foi a melhor coisa que aconteceu
Tenho uma pequena com amor sem fim
E vários pedacinhos de mim

Minha vida mudou
Meu mundo mudou
Mas agradeço todos os dias
Por ser mãe e poder desfrutar desse amor

Medo

GRAZI CUNHA

O que provoca essa sensação?
Uma situação, várias situações
Não se sabe ao certo
Para cada um ele se mostra de uma maneira

Seria a morte o maior medo?
Seria o medo da solidão?
Seria o medo de perder alguém querido?
Seria o medo de ficar sem um lar?

Dentro de nós pode ter todos os medos
Ou pode ter um que nos domine
Pouco se sabe como parar de sentir
Se deixar, ele nos domina totalmente

Temos que controlar nossos medos
Seja um ou vários
Precisamos fazer isso para seguir em frente
Mesmo que ainda reste um resquício de algum

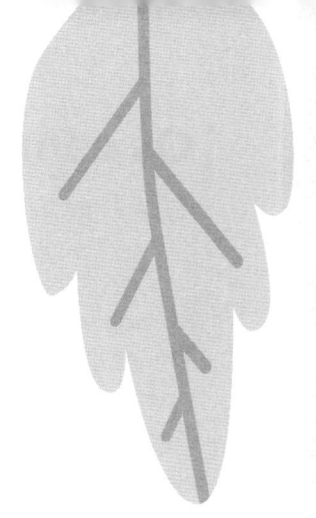

Os caminhos

GRAZI CUNHA

Na vida temos vários caminhos
Alguns cheios de espinhos
Outros cheios de sorrisos
Mesmo com tantos desvios

Nunca sabemos qual o caminho correto
Talvez se soubéssemos não seria emocionante
Viver é cheio de surpresas
Por onde quer que vá, o encontro com alguém é certo

Pessoas boas, ruins, independente
Cada uma tem uma importância significativa em nossas vidas
Temos que dar valor a cada encontro, a cada detalhe
Afinal, somos cheias daquilo que adquirimos ao longo do caminho

Viver é uma dádiva
Caminhar também, não importa sua escolha
Porque, no final, tudo que vivenciamos importa
Vamos aproveitar cada curva, cada descida, cada parada.

Perdida

GRAZI CUNHA

Não sei para onde vou
Não sei o que fazer
Minha vida está um caos
Nunca imaginei essa sensação

Me sinto sozinha
Me sinto triste
Me sinto sem motivação
Me sinto em profunda irritação

Mesmo rodeada de pessoas
Não consigo me encontrar
Complicado mesmo é disfarçar
Para não magoar

Tento tirar essa tristeza
Essa sensação devastadora
Uma dor no peito
Sem saber se algum dia tem jeito

Violência

GRAZI CUNHA

De onde vem tanta falta de amor
Tanta falta de compaixão
Falta de afeto
Falta de respeito

São tantos motivos que levam a tanta falta de amor
As pessoas estão perdendo a empatia
A caminhar dando gritos e agressão física
Até vidas estão sendo ceifadas

Que tristeza ver tantas pessoas com ódio
Sem nenhum ato de carinho
Onde até caminhar nas ruas não é seguro
Nem ao menos ir à escola

Até nossos anjinhos estão pagando com suas vidas
Porque as pessoas estão doentes
A tristeza tomando conta dos corações
Será que voltaremos a ter paz?

Na ponta do lápis

GUILHERME BALARIN

Corrosão do tempo;
tudo é carbono e amor —
A poesia nasce.

Dente-de-leão

GUILHERME BALARIN

Semeia palavras
no caderno, campo tolo.
Rugidos em versos.

Primavera

GUILHERME BALARIN

Versos sob orvalho,
Longos suspiros de amor —
Nuvem de monarcas.

Bagunça

HEITOR BENJAMIM

Há pardais pousados no parapeito dos meus olhos
Há homens bêbados no balcão dos meus olhos
Há crianças perdidas no canto dos meus olhos
Há tanta coisa esparramada pelo chão dos meus olhos
A roda-gigante que gritei pra descer e todos riram
O saco de filhotes que o velho arremessou no rio
O dedo amarelo do meu pai tingido pelo vício
O tiro que matou o vizinho e suas filhas viram

A morte terá que sentar sobre meus olhos com tanta força
Enquanto fecha a minha vida amontoada de lembranças
E costurar minhas pálpebras pra não deixar escapar nada
Que por remorso ou preguiça deixei espalhada sem catar

Lágrimas no funeral

HILDA CHIQUETTI BAUMANN

Escute o coração
Ele faz versos para a lua, chora nos funerais
Quando vê o mar, se veste de azul
Assim, sendo multidão, quase insano
dentro de si um poeta, contraditório
sente as delícias do céu
imagina os horrores do inferno
Na alma, amplie os extremos
Sendo ser humano
tanto mulher como homem, cante
O canto expande o ânimo
Se mostre livre como uma canção
Invocando o sol, a lua
Aperte o seu peito nu
Metade da noite, metade do dia
Se deixe levar pelo vento
Líquido, escorra como o rio que leva sobre si
as pétalas caídas das flores que não sabem nadar
Sacuda a poeira de ontem na janela
Sem querer ver, entregue-se ao pó
do chão, onde crescem as ervas
Mesmo não querendo atentar
Espere, cheirando a flor.

Vim morar aqui

HILDA CHIQUETTI BAUMANN

Sou de lá de trás
Aqui posso ouvir a onda quebrar
Sob um sol dourado
Sentir na areia o sombreado
Ouvindo a canção do mar
Vejo largo o horizonte
Bem ali, os remos largados
Um barco
Perto de mim, solitária
Minha alma salgada
Sente o corpo
A pele arrepia
O vento sopra do Sul
João Grandão voa
Adentra na direção do mar
Indicando que
o tempo vai ser bom.

Poesia desnuda

ISABEL GEMAQUE

Gosto de poema do dia a dia,
Que fala de dores e de amores,
As aulas de história e mitologia,
Deixo para os diletos professores.

Gosto de poema que fala pra gente,
Aquilo que sinto, mas não sei descrever,
Poesia desnuda, que te mostra de frente,
De um jeito que só a alma consegue entender.

Às vezes dói, às vezes é bálsamo,
Tira-se o véu do que se quer esconder,
É um corpo nu num cadafalso,
É um espelho que exibe o que não quero ver.

À semente dentro de mim

ISIS OLIVEIRA

Pequenina semente, escrevo a você estes versos sinceros de meu coração.
Quando foste plantada em meu solo fecundo mal sabia eu da sua imensidão.

Rego-te todos os dias e rogo-te para crescer.
E todo dia você cresce, a mais bela flor no alvorecer.

Entretanto, logo não serei mais teu solo e solo logo estarás.
Pois o mundo, quando estiver maduro, de meu solo, te colherás.

Mas não chore, minha plantinha. Pois mesmo no mundo aqui fora, jamais estarás sozinha.
Continuarei a te cultivar a todo momento, em meu coração.

Enquanto minha alma viver, apreciarei seus galhos que florescerão.

Seria a vida poesia...

IVAN LYRAN

... Se abraçar-te eu pudesse,
se sentisse teu coração junto – ao meu peito, se teus lábios molhados
sobre os meus repousassem (insanos);
se teu perfume eu sentisse, se tuas vestes despisse,
se no teu colo encontrasse acalanto.

... Se teu olhar me sorrisse,
se tua mão macia me afaga e guia, se perdido me encontrastes
junto – ao teu leito (profano);
se teu louvor me tocasse, se tua face eu beijasse,
mesmo no choro vejo ode de encanto.

... Se não me amedrontas o destino,
se continuasse a passos largos meu caminho,
se em tua casa naquela noite eu chegasse, frente ao portão te
chamasse.

Enfim... virias tão linda!
Diria eu tudo que sentira
Seria a vida poesia.

A geração do quarto

JANE COSTA

Guerras internas
Uma geração solitária...
Síndromes do pânico dentro dos lares
Atrás das telas o perigo invisível
Pessoas inseguras
Mídia intermediária
Mentes dominadas e hipnotizadas pelos celulares!

Não visualizamos jovens correndo pelos campos,
Uma raridade...
Apaixonados pela vida
As brincadeiras inocentes, exemplares
Perderam-se no tempo com novos olhares
Atitudes introspectivas
Memórias esquecidas
Jogos mortais, competições vorazes!

A geração do quarto, apática...
O amor cada dia mais frio, sem paciência com o outro
Amores descartáveis, irregulares, sem afeição
Fazem muitas guerras...
Mágoas trancafiadas, explosivas
A tecnologia aumentou a solidão
Uma geração em decadência
Sem amor no coração...
Lutemos pelo amor e o fim das guerras!

A poesia de cada dia
JANE COSTA

Todos deveriam ter um pouquinho de poeta
Ver o mundo com mais emoção...
Talvez assim teria menos violência no planeta,
Porque a poesia sensibiliza...
Transmite nobres sentimentos
Potencializa a gratidão!

O poeta usa as palavras para aquietar o coração!
De si mesmo e para o outro
Leva amor e conscientização...

O mundo está violento, falta empatia
Por isso é necessário a poesia de cada dia...
Para a humanidade compreender
A sua função no dia a dia
No combate ao ódio e à violência através da poesia!

Poesia é terapia...
É sentimento profundo
Que traz alegria,
Reflexão e muita sabedoria!

A poesia desperta a sensibilidade
Atua diretamente na alma...
Aponta caminhos e escolhas
É pura emoção!

In Fluidez

JAQUELINE DA SILVA SOUSA

Aqui dentro do meu mundo há muito a ser feito.
Estou sempre em dívida com a vida, com as horas, com meus prazeres.
É como se não houvesse espaço para descanso, para o pensamento, para o vazio.
O mais curioso de tudo é que esta dívida insiste em não ser paga.
Nem ao menos ganhei algo com ela, a não ser a sensação de um acúmulo de perdas.
Escuto que o dia tem apenas vinte e quatro horas,
mas em meu atraso sempre chego depois disso.
Sinto que estou esperando o trem chegar para embarcar,
porém sua chegada se torna paralisante.
O trem segue e continuo na estação como sempre atrasada.
Às vezes me pergunto como seria chegar no horário,
experimentar atentamente a beleza e os desafios do momento
e de fato ver o que sinto,
novamente o trem chega de novo e sai,
e percebo que a estação vem sendo minha morada.

Camelo beduíno

JÉSSICA GOULART URBANO

Por isso eu também passo...
Passo a passo lento,
longo ou rápido
Sou breve.

Meus pés fortes por vezes doem
Sinal de que devo ir mais longe
A passos largos criam contornos
e como mapas moldam meus sonhos

Com a mente livre exploro o mundo
Meus pés inquietos deixam pegadas em areias infinitas
Meu céu é a terra e todas as coisas que dela brotam
Sozinho, enrolado em panos leves
coloco o mundo no mudo

Entoo melismas, empresto meus versos ao vento
Venho de terras distantes
Não tenho bússola como guia
E nas corcovas do camelo
Trago vidas e poesia.

Coisas de ti

JÉSSICA GOULART URBANO

Minha boca rasteja por tua pele
Como serpente cega em solo desconhecido
E dela escorregam palavras precipitadas
Oriundas de meu peito em conflito

Tua voz sussurra qualquer coisa
E qualquer coisa dita com tua voz
Se faz poesia no silêncio dissolvido

Teu nome
Antes nem reparava,
Agora invade momentos do dia
E como vento norte, revira tudo do avesso,
e deixa o campo em calor e ventania

Tuas mãos nômades
passeiam no meu ventre calado
Que agora dissolvido
sua e arranca gemidos

E nesse *encuentro de colores y magia*
Sinto-me vivo
Anuncio:
— Vejam só, abriu-se primavera, novamente, em meu sorriso!

Inspirado na exposição de Xico Stockinger, Porto Alegre – 2019

Denúncia

JÉSSICA GOULART URBANO

Saio de casa cheia de vazios e (dês) vontades
De dores não sentidas, de vazios... e só.

Caminho entre as estátuas da miséria, feitas de árvores mortas,
fundidas em bronze e bronzes
São gabirus que carregam seus descendentes nos braços
sem força, sem vida, sem e s p e r a n ç a.

São pequenos e escondem o rosto entre braços cruzados
(como fazemos quando crianças, não sabendo que o corpo está exposto)
São gabirus mães, com olhos tristes, seios famintos e secos.
São "senhores-zinhos" que levantam as mãos buscando um Deus que os mande chuva
São crianças barrigudas,
São mulheres loucas, são homens loucos
A sanidade já não faz diferença
Aqui me deparei com a denúncia de um tempo,
esculpida por homem simples e atento
me deparei com os gabirus dos anos 90
E eu tão cheia de vazios e eles tão cheios de misérias.

Tulipa negra

JÉSSICA GOULART URBANO

Chega de horrores, somos paletas de cores
Chega de dores, somos paletas de cores
Ecoa... Ecoa... num som:
Brota tulipa negra em seus tambores!
Brota tulipa negra em seus tambores!

Sangue vermelho, coração quente
Cabelo negro na roupa clara
O olho vivo na noite branca
A pele rasga a fria estampa

Suas raízes acorrentadas
A mão rachada, o pé rachado, Grito calado
a alma triste...

A lágrima não derrubada retorna ao ducto
Com pincéis de amor dá-lhe cores de manga
E formato de rosas à moça do viaduto

Deixa seu verso simples e sua prosa *avoa* como ave do Brasil,
Repousa sobre as águas, cantarola com o vento
Doa flores, cria cores de terras e das velhas calçadas,
recolhe poesia.

Voo

JÉSSICA GOULART URBANO

Se tuas asas pesam
é porque voas na direção oposta à liberdade

Se tuas asas pesam
deverias voar sem destino
ou,
simplesmente,
deixar-te cair.

Quem sabe com asas quebradas consigas então
o voo torto,
sem controle,
sem direção

desses que trazem o sabor neutro de ser livre.

Haja luz! Houve poesia!

JOÃO JÚLIO DA SILVA

No princípio era o verbo... Prelúdio do voo esculpindo a beleza do verso.
Haja luz! Houve poesia! Espalhar de manhãs até os confins do nada...
Verbo se fez poesia e brotaram versos entre o caos,
derramar de sons, cores, luz, encantamentos...
No princípio era o verbo, e o verso estava com ele, alvorada sem fim.
Resplandece o poeta, saltando das trevas!
Na gênese da vida, tudo é poesia! Plenitude em versos!
Verbo habitou o nada, gritou esplendoroso tudo e se fez poesia.

Esfinge desafiadora, com encanto e mistério como essência.
Brisa silenciosa, uivos de ventos gerais em becos sem saída, enlouquecendo montanhas libertárias.
Passeia entre enigmas, desertos, abismos, em ousado bater de asas.
Jamais faltarão jardins em versos, borboletas e pássaros espalhando voos de poéticas manhãs entre flores que semeiam vida e canto, em cada olhar que vaga em sua magia.

Decifra-me ou devoro-te, sussurra a poesia ao pálido poeta!
Em delírio, tropeçando em versos quebrados, adentrei descaminhos de folha solitária levada pelo vento, drummondiei-me de poesia e sai pessoando versos por tabacarias, sarjetas, pedras no caminho, esquinas, becos, labirintos, assombros, baús de quintanares. Ceciliei-me de estrela, derramei luz da inconfidência por cordilheiras nerudianas.

Por encruzilhadas, hasteei bandeira em dias de exílio, onde canta o sabiá.

Passarão céu e terra, a poesia não, mensagem do princípio de tudo, entrelinhas de luz.

Alegria de amanhecer

JOÃO DE DEUS SOUTO FILHO

É bom acordar bem cedo
Para colher frutos no pomar
Manga-rosa na varanda
Aroma do verbo amar

É bom acordar cantando
Como fazem os passarinhos
Canto assim cantarolado
De trocar muitos carinhos

É bom amanhecer sentindo
O cheiro de terra molhada
Ver a manhã sorrindo
Com o voo da passarada

E entre as mãos fumegando
Uma xícara de café quente
Em cada gole um poema
Na manhã que abraça a gente

Dívida

JORGE ACKERMANN

Eu te devo uma canção bonita que te faça sorrir e ser feliz
Com melodias que acalmam, como qualquer coisa ao seu redor
O tempo no compasso, bem marcado, com alguma nota menor
Com palavras de amor, que te lembra e diz

Que você é o amor da minha vida
Que toda vida é pouco pra viver a sua companhia
Que todas as respostas eu encontro em seu sorriso
Que me diz tudo aquilo que preciso

Essa música tem que ser refinada e elegante
Tem que durar mais que as temporadas de *One Piece*
Pra dar tempo de curtir tudo aquilo que eu por besteira não te disse
Você merece tanto que não é o bastante

Se a vida te trouxer de volta, eu viro fã de BTS
Eu não preciso dizer que te amo muito
Mostrar tudo o que interessa
Só dizer no olhar que você é meu mundo

Espere por mim

JORGE ACKERMANN

Espere por mim, morena
Como a borboleta que volta pro jardim, tão pequena
Na imensidão da roseira
No perfume do jasmim

Espere por mim, moça bonita
Como a flor que cresce em ipê, depois do frio da matinê
Na manhã seguinte, como o orvalho de ouvinte
E o cheiro do limão que revive

Espere por mim, moça tímida
Como a coragem de se fazer a hora
Num amanhecer, na aurora
Na vida que a arte imita

Espere, se estiveres
Será uma viagem infinita
Coração que anda em Ceres
Volta na velocidade da luz, tão bonita.

Sobre amar alguém

JORGE ACKERMANN

Eu vou cultivar o meu jardim
Pra que a borboleta possa voltar, enfim
Dar a volta no planeta inteiro, mudo
Pra ver se descubro algo que te coloque em segundo

Vou me enfiar em todos os bares e lugares
Vasculhar a fundo tudo o que se sabe sobre o amor
Só pra encontrar nos teus olhares
Tudo aquilo que eu já sabia sobre o seu valor

Se o destino te colocar de volta no meu caminho
Vou fazer uma graça primeiro
Como se fosse brincadeira de menino
Só pra te ver sorrir pelo resto dos dias que vivo

Identidade

JOSÉ MARCOS RAMOS

Os meus olhos brilham sob os faróis do carro que passa.
Sou boi deitado no meio da estrada.
Sou lua escondida no clarão da cidade e sou estrela-cadente na noite vazia do sertão.
Sou lama, sou barro, sou carro derrapando, mas vou passando.
Sou vasto, sou só coração, sou murmúrio da noite, água do ribeirão, sou canto sofrido, sou ilusão.
Sou velho, cachaça, sou beberrão.
Sou todas as lembranças, sou emoção.

Marejados

CÉSAR AMORIM

Nos olhos tristes da menina
A areia fina intima
À lágrima e à rima
Ela corria e chorava
Ele via e cantava
Mesmo sem saber cantar
Menina bonita correndo e chorando
Ao som de mar.

A moça da janela

KARLA CASTRO

Enquanto a franzina moça espraiada ao parapeito da janela
Estende seus olhos largos à vida que vai lá fora,
A vida, que vai lá fora, também espreita a moça
Recostada ao peitoril da janela.
E apressada a chama,
E atrasada quase grita,
Através dos frescos borbulhos da água correndo solta,
Pelas calçadas em corredeira.

Nesse ínterim,
Há um canário que canta,
Há um gato que observa,
Há a tarde que se rasga em tons rosáceos.

Do outro lado da rua, uma anciã, gorda do peso dos anos,
Apenas lamenta a triste cena
Da triste sina de viver olhando a vida da janela.

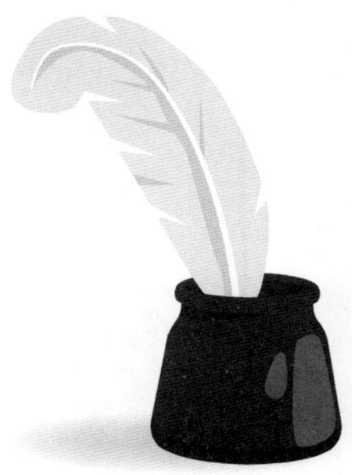

Onipresença

KLEBER MESSIAS

A poesia está no improvável, reside no inabitável
Não se pode aprisioná-la; camufla-se nos campos
Ela é pêndulo estático, não morre, rejeita sepulturas
Não há como criá-la; ela já perdura no indecifrável.

Não se pode, da vidraça, pensar em emoldurá-la
Apenas deitar-se ao seu lado, agasalhar-se com ela
Ela se refaz no tempo, não é levada pelo vento
Reflete-se no infinito, é intempestiva, invasiva.

A poesia está no soluçar desconexo da alma
Revela-se no ritmo veloz dos fulgores matutinos
Veste palavras que se abrem como flores do campo
Ela é o enigmar dos mistérios, o seu suave decifrar.

A poesia é a tatuagem do tempo, o revelar-se do ser
Ela é a lágrima de um choro que ri um pranto refém
Enraíza-se nos peitos despedaçados, amados, sofridos
É a soturnidade do viver, flexivo sentimento que destoa.

A poesia é o nada que se aviva do tudo que não há
Manifesta a sensibilidade concreta, leve e indiscreta
Curvar-se à sua face no silenciar das leves melodias
É descobri-la em si e compreender que tudo é poesia!

Delicadeza

LEANDRO OLIVER

Delicadeza
A matéria a qual te forjaram
Sagaz e tão bela
Quanto um amanhecer
Aromático

Trazes, ó fiel cavaleiro!
Um áureo escudo
De irascível clamor
Pois quero orgulhoso
Lutar

Na vã esperança
Um tanto insana
De batalhar contra o amor!

Delicadeza
Na tua ressonante
De tom enevoado
De encantos fugazes
De um sono reclinado
À seda serpenteante

Vejas, ó flor dos oceanos
De néctar do teu olhar
Perfumado de âmbar e orvalho
Que tão delicada serves
Em taças de ouro!

Antigos poemas

LUCIANO ARRUDA

Quero escrever meus antigos poemas
Fazer rimas com meu improviso
Saborear o mais belo sorriso
Desabafar meus velhos dilemas
Declamar poesias de vários temas
Ouvir a voz dos poetas no parnaso
Das críticas fazer pouco caso
Mergulhar em mar de espumas
Sentir o ar das altas e leves brumas
Aproveitar a vida sem temer o acaso.

Um sopro

LUIZ DJALMA

Em Matilde deparei-me com a reinvenção do sopro de Vida
A esperança não estava à solta
Mas aqui dentro, esperando o rompimento da inércia
Clamando por suspiros
Em minhas Matildes
Quanto fervor experimentei
Eram provocantes, ardiam
Vozes, traços, contornos, aromas, pele
Fungíveis, fugíveis, voláteis, fugazes

Eis que uma delas ficou, estranhamente distante, intocável e presente
Inspiradora e inquieta como Matilde
Diferidas pelos traços orientais dos delirantes contornos de minha Matilde
Idênticas em provocar um novo Sopro a cada instante
Intensas, vivas, ardentes, pujantes, "coléricas", inquietantes
Anticlássicas, pois sois revolta, cativante
E jamais soes como uma comparação, pois não há Matilde que se compare.

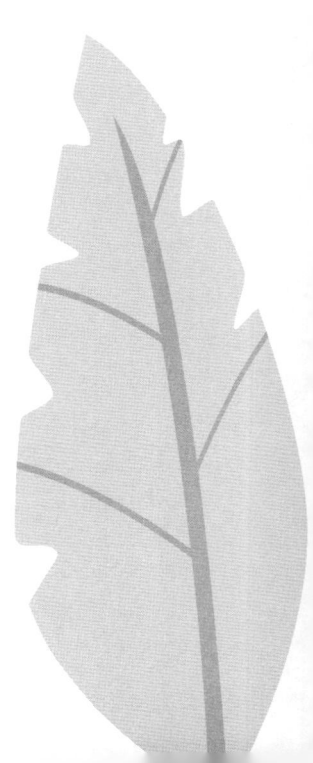

Recomeço

MAISA SANTOS

E quando não estiver aguentando mais
Pare, respire, comece, recomece
Quantas vezes quiser
Até juntar o que foi quebrado
E se o medo vier, vá mesmo assim
Feche os olhos, ande, corra, voe
Só não fique no mesmo lugar

O tempo não para
Ele passa, depressa...

É preciso morrer, nascer, renascer
Para saber o que é viver!

Não precisa mais

MARCIA BRITO

Não precisa mais explicar
Pouparei o seu cansaço
De pensar em mim
Ao lado de outra mulher

Não precisa mais mentir
Ligar até explodir
Muito menos mandar indiretas
Com músicas caretas

Não precisa mais se equilibrar
No jogo das palavras
Em manter sua imagem
Diante de tanta fuligem

Espalhadas pelos ares
Dimensionadas pelas fases
Perdidos nos encontros
De vazios apaixonados

Descabida poesia

MÁRCIO CASTILHO

A poesia descabida berra, borbulha,
Balança badulaques, batuca.
Desbotada, a poesia brinca, obra, dobra;
Não obedece a abas, bátegas, beiradas, brejos, beijos.
A poesia ensimesmada descabe por si mesma como abantesma;
Borda, brinda, esbraveja nos becos, nas bancas,
Nas birras, nas bancadas, nos bondes, nas barracas.
Desembestada, a poesia brada abracadabra,
Beldade bastante bela, beladona bebida, bromélia bendita.
A poesia que se descabe desabafa, desaba,
Desanda, desnuda-se e banca ebó,
Bolhas, borrões, Bendegó.
A poesia do barro brota, desbota,
Ora se desdobra numa rota atemporal,
Ora inteira se desnatura num pulo tridimensional.
Sedutora, a poesia se abre, se abastece, se abarrota
Na tábua, no teto, nos temperos do papel
E brilha sobre redondilhas solta, sonora
Como se fosse sabre branco no breu.
Num cabide, pendurada no nada,
A poesia descabida jamais acaba.

Sobrevivente

LINA VELOSO

Traguei a dor, engoli a labuta
É... eu fui à luta e construí
O meu castelo com as pedras do caminho
Com as palhas, eu fiz meu ninho
Amei demais tudo o que a vida me deu
Com o meu pai eu aprendi
Que se nasce pelado, banguela e careca
Hoje estamos no lucro
E ainda temos um céu a nos cobrir
Saboreei a fruta desprezada
Na beira da estrada, e sobrevivi...
O que não mata, fortalece!
E pra você que tentou me podar
Devo dizer que brotei forte
Porque o que não me trouxe morte
Me deu histórias pra contar

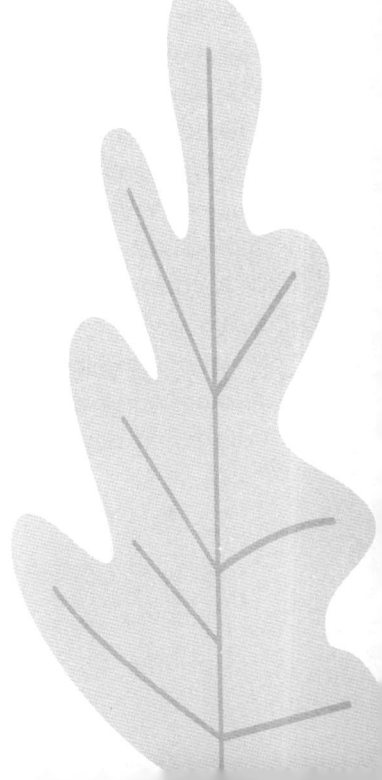

Inquietação

SAÚDE PAIVA

O amor é companheiro
Ele é anestesia
Que me salva da razão
Sufocando a minha alma
Procurando a minha calma
Em pedaços de ilusão
Eu não deixo de sonhar
Te encontrar em algum lugar
Me enfrentar com essa dor
Eu preciso abrir as portas
Não preciso de comportas
Pra guardar o meu amor.
Revelar os meus segredos
Expulsar todos os medos
Que habitam dentro de mim
Afastar a solidão
Acordar a inquietação
Que no meu peito é constante.
Te buscar por mais um dia.
Te encontrar na companhia
Dos que vivem a insensatez.
Viajar no teu silêncio
Te deter por mais um tempo
Pra ser feliz outra vez.

Travessias de mim

MARIA DE FÁTIMA FONTENELE LOPES

O rio dos meus sonhos
Corre largo em zigue-zague
Abrupto, às vezes, calmaria
Suntuoso, magistral ventania.

Carrega pedaços de mim
Retalhos costurados de ti
Fluido doce transparente
Aflora e vai para o mar.

Gotas de chuvas caem no leito
Espumas emergem das rochas
Absorta prendo a minha alma
No mergulho desfaço-me nua.

Na calma das águas enluaradas
Vejo refletidas travessias de mim
No umbral da branda correnteza
O meu rio esvaiu-se sem nós.

A poesia e o crochê

LU DIAS CARVALHO

Quanta sintonia existe entre o crochê e a poesia!
A agulha prossegue fazendo tramas com a linha:
vai e vem, para amarra, solta, segura, alinha-se.
A palavra segue ágil, tecendo enredos na mente:
exclama, duvida, interroga, reafirma e desmente.

O crochê e a poesia obram diversas habilidades:
riscos, linhas, pontos, pespontos, traços, tramas.
Ambos tecem inúmeros enredos e emaranhados:
fuxicos e segredos, comédias, sátiras e dramas,
deleites para os olhos e ouvidos deslumbrados.

Poesia e crochê! Quão surpreendente paralelo
existe entre tecer pontos e correntinhas com a linha
e entrelaçar, enredar e dispor palavras nos textos.
Se houver um só ponto ou vocábulo fora do lugar,
todo o encanto se tresmalha e na trama naufraga.

A poesia e o crochê são duas artes mui delicadas,
ornadas de enleios, volteios, maneios e requintes,
expressas em temas, tramas, urdiduras e enredos.
Ninguém identifica, a não ser um exímio artífice,
onde uma delas começa, ou onde a outra termina.

O artista desliza os dedos pelas linhas do crochê
e encanta-se em meio à trama tão bem organizada.
O poeta encadeia palavras em sua mente e põe-se
a dimaná-las, uma a uma, em versos concebidos.
Poesia e crochê, crochê e poesia. Haja magia!

Flor eclusa

MARIA DE LOURDES TELES

A água do rio brota
da turbina voadora.
É terna a flor que divide
o flúmen em fio d'água

Surpreendentemente,
a flor invade a terra,
a água, a mata.
E o vento espalha
o aroma da flor.

Do melancólico rio
ouve-se a mágoa
do canto do pássaro.

Cafuné

VALÉRIA PIMENTEL

Amor de lata
é prata.
Amor de palito
é pirulito.
Amor de fé
é picolé.
Amor de osso
é pescoço.
Amor pouco
é meio louco.
Amor demais
é sufoco.
Amor que se esbanja
é laranja.

Amor de verdade
é brinquedo
e tem tenra idade,
mora num estreito laço
de cuidado
e saudade,
passeia num cafuné.
Quem quer?

Físico e intangível

MÁRIO FÉLIX

Me despedi de você e deixei um pedaço de mim para trás
É como se não pudesse mais fugir das tuas latentes lembranças.

Sua presença física é sentida no intangível sentimento que consome o meu corpo.

Imperceptível pelo meu tato, tu apenas habitas o labirinto dos meus anseios nos quais sempre me perco.

Neste incansável jogo de existência e movimentos incorpóreos, meu pensamento toma forma... e eu viajando nele vou e voo onde você estiver no seu individualismo.

E assim me refaço e me reconheço neste constante movimento de existencialismo.

Me visto de poesia

MARILDA SILVEIRA

Não me interessa o tempo
se é névoa, chuva ou frio
se é manhã ensolarada
ou uma tarde sombria
se urge ou passa lento...
Me visto de poesia!

Se a tristeza me invade
logo dou-lhe alforria
decreto distância e tempo
chamo logo a alegria
a vida requer prazeres...
Me visto de poesia!

Quando a saudade me toma
sem deixar uma saída
penso que ela também é boa
traz lembranças e recria
inesquecíveis momentos...
Me visto de poesia!

Se a solidão me espreita
e debocha em demasia
mostro meus ouvidos moucos
não permito ousadia
sou senhora do destino...
Me visto de poesia!

Mas quando a inspiração me abraça
e grita rasgando o peito
– escuta essa voz que te guia –
confesso...
aí não tem jeito
Sou a própria poesia!

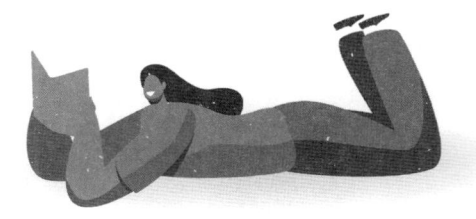

Hi-tech

MÁRIO FÉLIX

Minha escrita *hi-tech*
Não tem tinta, mas tem cor.
Fala em gosto e tem sabor...
De sentimento presente.
A distância aumenta
Minha curiosidade,
Faço da minha vontade
Você estar aqui presente.
Se penso em você,
Meu pensamento está *on-line*
Desligo-me do presente
Me torno *off-line*!
Faço um *unplugged* em você.
Desta tela fria sem vida,
Busco e vejo tudo, tenho sorte.
Me apego ao meu melhor *software*...
Num *download* te instalo em minha vida.
Você é meu *hardware* perfeito...
Vem a mim, se materializa...
Entre e-mails e canções,
Nosso amor se realiza.

Coisa de alma

MÁRIO FÉLIX

Quando me perco em ti em desejos,
Não me sinto perdido em mim mesmo.
Sinto-me apenas divagar entre meus medos.
É quando liberto minha alma carente e cedente à tua.
Assim quando me vejo mergulhado em ti, refletindo desejos carnais, sem afrontar minha alma, acho-me.
Porque é em ti que minha restrita vida ganha significados.
Para perto de ti carrego minhas sutilezas e meus pecados.
Voo no silêncio noturno que me faz despertar, compreendendo você e seus sentimentos equivocados.
Prazeres meramente carnais que não fazem sentido sem abordar a quem se ama.
E eu te amo. Amo-te tanto que minha alma sangra sem o pudor de anjo inocente.
Mas sinto que não posso mentir aos nossos corpos.
Junto de nós e da vida, existe um qualquer, de qualquer coisa que nos faz presentes sem nós.
Atormentar minhas dúvidas nunca foi um desejo, e para nós carece de concretude.

Onde nasce a poesia?

MARLI BERALDI

Onde nasce a poesia?
Nasce em um pensamento,
ou então em um vão momento.

Nasce no canto de um passarinho,
alegre, construindo seu ninho.
Nasce de uma bela sinfonia,
trazendo-nos muitas alegrias.

Nasce o poema nas calçadas,
ou nas mais longas das estradas.
A poesia nasce nas mais frias madrugadas,
trazendo-nos recordações da amada!

A cidade sonha

MATHEUS MORETO

Metros e metros
desta rua monótona de concreto
nesta cidade de concreto
com passarinhos da asa de concreto
cantando palavras quadradas
em ouvidos estreitos
de românticos empedrados

Basta um, apenas um desacato
e fazer pontes de abstrato
nos vãos entre corações de abstrato
e viver romances de abstrato
pelas vias de encontro
pelas horas de estrela
em sorrisos de entrega

Colapsa em sonhos movediços
a tirar o chão enrijecido das coisas.

Jardim semeado a lápis

MICHELE NASCIMENTO MELO MAGALHÃES

Em busca de mim, pus-me a cavar.
Fui penetrando o meu ser.
Encontrei ervas daninhas,
insetos, entulhos, plantas tortas,
envergadas pelo movimento
do vento e da vida.

Pus a podar o que machucava.
Retirei galhos secos, arei e varri.
Encontrei terra fértil para novas escritas,
minha alma.

Com um lápis, comecei a lavrar.
Intrassemeei um jardim.
Transplantei rosas.
Reguei as pequenas folhagens.
Cultivei deliciosos frutos.
Colhi boas lembranças.
Fui capaz de meus sentimentos circunraizar.
Intragerminada, pude brotar.
Sou agora a infinitude finita da beleza em flor.

Poetizando

MICHELLE BONAFÉ

Decidi poetizar meus pensamentos
Colocar no papel tristezas e alegrias
Escrever em palavras meus tormentos
Juntar em uma folha choros e folias

Rabisco a folha com letras diversas
Que, uma a uma, em palavras se formam
E que sem nenhuma pressa
Pela página se despontam

As palavras se unem em frases
E as frases se aglomeram em estrofes
Que juntas formam uma poesia com base
Em felicidades, amores e catástrofes

E cada história, sejam prosas ou poemas
Carregam consigo um passado e um futuro
Criando livros para afastar nossos problemas
Acendendo a única luz em nosso quarto escuro

Aurora

MOACIR ANGELINO

Em busca do mistério seus olhos vi.

Na imensidão do espaço e nas profundezas dos sonhos amanheci com saudades.

Jura eterna que os escombros arrasaram com as sementes de vida.

Nunca o tempo trouxe tamanha emoção transformando os dias no despertar de raízes.

Qualquer que fosse o sentido os segredos permaneceriam ocultos, mesmo que as noites caíssem num lago sem fim.

Mas a Aurora era mais forte e no trocar de estação o Amor reviveu e as tardes nubladas ficaram mais lindas.

Sonhar

MOACIR ANGELINO

Ar que nos ativa
Ar que nos alimenta
Ar que nos impulsiona

Ideias que surgem
Ideias que iluminam
Ideias que provocam

Pensar
Sonhar
Amar

Poesia é o Sonho do Amor no Ar

Drama?

MÔNICA PERES

Viveu intensamente
Nem por isso recolheu tantas alegrias
Muito sofrimento
Rejeição, preconceito
Medo
Certeza de enorme dor, dúvida sobre o amor
Foi amada ou enganada?
Se amou? Incertezas!!!
Lágrimas e algumas risadas
Realizações, enganos, sucesso, fracasso e assim foi...
Dúvidas sempre, e muita, muita culpa...
Amigos reais, outros não
Despedidas antigas... amigos, pai, irmão... possibilidades futuras... amigos, mãe, filha
Alguns queridos, outros não
Futuro?!
Solidão
Um corpo que sofre... destruído
Drama??
Não, apenas uma vida, uma poesia
Porque tudo é poesia...

Um brilho de uma mãe

INQUE

Mãe, uma joia rara que
Lapida nossa vida
Mãe, um brilho incandescente
Que brilha nossos momentos mais felizes
Mãe, uma flor de cerejeira
Que perfuma nossa essência como filhos
Mãe, uma heroína que salva
Nossos mais devaneados medos
Mãe, uma protetora que
Protege nosso elo mais fraco
Mãe, uma deusa que
Enaltece nossas conquistas
Mãe, uma conselheira que
Aconselha nossos erros
Mãe, uma rainha que
Protege nosso caminho
Mãe, uma brisa que
Passa no nosso deleite
Mãe, um rio que
Percorre em nossa dádiva
Então, mãe
Nunca deixe de ser
A nossa mais pura
Salvação.

Esmero!

MESTRE DAS LETRAS

E antes de dormir, em nosso leito de amor,
O beijo oração do nosso lar...
E não é recôndito, abreviar por falta de momento,
O tempo não julga o que escapou ao vento,
O despertar para o ábdito, e o ensejo de louvar,
Proferem energias e ambiguidade solúvel,

Com esmero do firmamento,
Na ponderação estrelas e lua a ouvir,
A confissão do nosso amor...
Diante do teu olhar, que apercebo minha alma,
A mais profunda e exímia parte do coração,
E sorrisos seus que brotam do inesperado,

Quão o barro na mão do oleiro,
Assim sou alvo a ser apaixonado,
Sou tão fraco diante dos seus olhos,

Quando apercebido, que não mereço,
Toda a bênção lá do firmamento celestial,
A envolver toda a confissão do meu coração!

Sol e Lua

NEUSA AMARAL

Vejo-me no deserto de Dubai
Quatro rodas rolam sobre tapete avermelhado
Desafiam suaves e frágeis dunas...
Que se desfazem sob a brisa do mar...

O vento vermelho alia-se à claridade
Do suntuoso, majestoso astro-rei
A brisa molhada se mistura
À claridade da lua.

Assim, surge inédito arco-íris
Jamais visto a olho nu!
Nessa magia: Sol e Lua
Tête-à-tête se deslumbram

Enamorados, a lua se insinua
Mas o sol, apesar de glamoroso
Aos poucos se recua!
Esconde-se atrás de horizontes!

Pobre lua, nua!
Persegue-o, a perder de vista...
Triste, cabisbaixa...
Decepcionada, sem alguma formosura!

A plateia inebriada grita em uníssono:
Sol covarde!
A Lua é dos audaciosos!
Dos apaixonados!

A foto

B. B. JENITEZ

Você deitada branca, nua
Dormindo na frente do espelho
Eu queria aquela lembrança
Era nossa última vez

Não que a gente soubesse
Eu queria aquela lembrança
Tirei uma foto
Nela seu rosto não aparece

Fiz um quadro
Eu queria aquela lembrança
Pintar você com minhas mãos
Olhei, olhei, para não esquecer

Fiz um poema (este!)
Com medo
Lembro dos seus lábios
Não lembro do seu rosto

Chuva

B. B. JENITEZ

Cama vazia –
A chuva de novembro
Chora devagar

Girassol

B. B. JENITEZ

O girassol daquele quadro
Está me olhando
Com olhos de Van Gogh

~ obrigado

PATRICK TAVARES

Sabrina Benaim uma vez disse:
"'obrigado' é o maior poema que eu tenho dentro de mim". e ela estava certa.
obrigado é parte do meu vocabulário cotidiano.
agradecer é um ato espontâneo que a minha língua faz antes mesmo que eu possa pensar.
ela se mexe ao pronunciar a palavra que me prende e me liberta ao mesmo tempo.
não há ato de coragem ou covardia maior que esse.
há algo mágico em torno do que essa palavra consegue produzir todas as vezes que ela me salta à ponta.
aponta sempre na direção de quem vai receber, mas não de quem merecia.
uma dança eloquente que passeia da valsa ao funk, do o ao o.
início, confusão, meio e talvez fim.
precisei dizer mais vezes obrigado do que meu próprio nome.
precisei?
só que, no fim, o que fica é uma simples grande questão: quem vai estar lá pra dizer "de nada"?

Princesa Mariana Bridi

PAULO ROGÉRIO DE OLIVEIRA COSTA

O sentido da existência
Dizia o feijãozinho à terra molhada...

E assim, e assim...

O que leem as mãos
Na hora
De um abraço...

... O riso da Cinderela,
O tempo, a lembrança e os passos
De um sapatinho dourado...

Me aqueço no seu colo
E adormeço...

Que sou sua joia rara,
Sua flor,
Sua primavera,

Que ainda sou sua menininha,
Que brinquei nas estrelas
De maria-chiquinha...

Ser poeta

PAULO AZEVEDO

Apego-me à caneta como espada em riste
Caminho à batalha das palavras nuas
Ao papel em branco vêm repousar cruas
Frases qual soldados d'uma guerra triste.

O pouso de tal luta é de oscilante campo
De um coração volátil e de regrada mente
Uma que não pensa, outra que não sente
Formando a expressão opuscular do pranto.

Que diferença há entre guerreiro e poeta
Senão as armas e o *locus* da empreitada?
A pena é tão aguda quanto a aguda espada
Sibilam as letras como as finas setas.

Mas paixão e júbilo separam este autor
De tal comparação com ser beligerante
De fato, o soldado torna-se um amante
Trocando tal tristeza por ditoso amor.

Poetar é escrever em forma de canção
Com boa rima, métrica ou formoso branco
As bem-aventuranças ou o velado pranto
Pouco com a mente e com todo o coração.

A dor

RAFAEL MONTOITO

A dor foi tão longa e tão intensa
que eu pensei que era um infarto.
Mas era amor.

Doeu tanto, tanto...
que cada vez que eu respirava
parecia que o coração ia arrebentar,
parecia que as fibras estavam se esgaçando.
Eu juro que pensei que era um infarto,
mas era amor.

A dor começou quando você foi embora
e me disse — me disse, não; deixou no ar
e eu tive que entender, sozinho —, que
mesmo tendo sido bom e mágico,
mesmo tendo sido incrível,
você preferiu voltar para o seu marido.

Não há remédio que alivie, nem *stent* que me tire a dor.
Talvez um transplante...
isso se eu conseguir um coração que você não tenha machucado em suas andanças por aí.

Ainda dói, todos os dias dói,
mais... menos... mas dói.
Só que agora eu sei que não é infarto.

É amor.
Mas eu preferia que fosse um infarto.

Requintes de sensibilidade

PIETRO COSTA

Nada resta incólume à pena do poeta
A folha casta rogando pelo seu toque
Letras que fustigam o trivial enfoque
Gozos e suplícios de sua voz inquieta

Moinhos convulsionam rimas altivas
Escrita a rasgar fantasias cognitivas
Sonhos alvejam olhos quebrantados
Vendaval a redimir lares incendiados

Embrenhando-se nos poros do papel
Lidando com dragões e seres alados
Frequenta paços do báratro e do céu
Do sangue e glória, pereniza legados

Ateando fogo contra o obscurantismo
Enxovalhar todo o idiotismo coativo
E agredir a torpeza como imperativo
Entorpecer-se de amor e de civismo

E faz diluir todo o fel do cálice da dor
Com raros requintes de sensibilidade
E sorve a vida em sua dramaticidade
Engana a morte no traço aniquilador

Soneto de amor

RAFAÉLA MILANI CELLA

A palavra me pertence, não a coloco no mundo à toa
Sem ela e sem amor não sei viver
Não me tires nenhum deles, sei que vou sofrer
Na tua ausência meu desejo o pensamento povoa

Quando juntos estamos, o tempo voa
Embriagada pelo teu ser
Anestesiada pelo meu querer
Um calor latejante em sentir-te em mim ecoa

Tu, envolto em atribuições demasiadamente
A hora da partida anseio
Sabendo que o retorno será breve, felizmente

Inquieta, espero tê-lo novamente
Em meus braços, em meu peito, em meus beijos, em meu seio
Infinitamente

Assemblage

REGIANE SILVA

Fui gerada no ventre
Cresci em poesia
Abraçada pela solidão
Apanhando da vida
Senti dores afins
que hoje perseguem minhas letras
Chorar, só por dentro
Talvez um dia saia do recipiente
A minha sepultura será transformada
em oceano ou lago
A minha boca nunca verbalizou lamentos
Constantemente adoeço
Desconheço o que é felicidade
Vi sua sombra quando criança
Raros momentos
por ter alimento no prato
Xepa de feira
Caderno, lápis, borracha
roupa, sapato
Apesar de tudo, sou grata
Poesia é mãe amorosa ou madrasta de contos de fadas
Tudo é poesia.

Manuela

NADO CAJU

Ainda gosto de você
E das tuas olheiras no amanhecer,
Das promessas que eu paguei pra ver
E das juras de amor que acreditei sem querer...

O último gole do gim numa noite que parecia não ter fim,
Porque teu espírito te alucinava
pra uma noite de desejo por mim
Embora a gente junto nunca tenha sido
Essa avalanche assim...

Mas a gente tentava e você sempre me maltratava,
Só que no meu mundo de poesias isso só me inspirava...
"Assim como as canções, como as paixões e as palavras"

Acabei de cantar Angela Ro Ro
só que na versão de Roberto Frejat,
Porque se tratando de amor
de você eu sempre vou lembrar,
Da minha vontade de insistir
que no fundo você sabia
Um dia qualquer eu iria desistir...

A vida tá passando, meu bem
E meus grisalhos já não conseguem mais me nutrir,
Em acreditar num grande amor
Que um dia eu nem percebi que perdi...

A cara da Morte

NADO CAJU

A gente às vezes se bate, você com seu charminho
Sempre vaidosa vestida de lilás, fumando cigarro e tomando o seu vinho
Observando meus passos, meus próximos amores, destinos e caminhos
E eu sempre inspirado, falando de músicas, poesias e carinhos

Mas você me persegue, me entristece e enlouquece
Até que me envaidece, mas não me submete
Mas percebe que eu te jogo uns confetes e ignoro os teus desejos
Pra nosso encontro que nunca acontece

Queria saber o porquê de tanta tara por mim?
Mesmo boêmio e criativo não faço o seu tipo assim

Ontem quase te abraçava e minha memória ali quase que se apagava
Mas o anjo da guarda de asa azul e larga que dirigia meu carro
Exageradamente acelerava
Foi tudo muito rápido, mas consegui dar outra escapada
E quando olhei pelo retrovisor, você também ainda me olhava

Ainda não foi desta vez, Morte, porque mais uma vez tive sorte
E isso me deixou ainda mais forte
O meu pulso ainda pulsava e ainda sigo vivo pra contar que quase você me levava

Um dia qualquer ainda te vejo pra gente celebrar com a ironia de um beijo

Um romance que já faz anos, que eu fujo há mil de você e dos teus fúnebres planos

Numa noite dormindo talvez você me devore como um simples humano

E eu faça essa passagem em paz cantarolando ao som de Gilberto Gil e Caetano...

Amor de vó

NADO CAJU

Aquela que fazia a sopa de verduras quentinha e mais bem preparada,
Aquela comida gostosa com amor e mais bem temperada,
A roupa branca bem limpinha lavada e mais bem alvejada,
O suco de melancia da fruta natural que mais me adocicava,

Dela eu recebia beijos e o abraço que mais me apertava,
O sorriso estampado no rosto que mais me cativava,
O olhar fascinante e apaixonado que pra mim mais brilhava,
O cheiro das flores e perfumes em seu corpo que mais me exalava,

Tinha o cabelo branco e macio que mais me encantava,
Os cuidados diários e amorosos da que mais se preocupava,
Os conselhos e palavras certeiras da que mais me ensinava,
Os detalhes e elogios sinceros da que mais me admirava,

Agora eu sinto um troço no peito que eu jamais imaginava,
Uma saudade diária das músicas que a gente sempre cantava,
Das gargalhadas e histórias inventadas que a gente sempre brincava,
Das besteiras e segredos apaixonados que a gente sempre falava,

Sempre vou lembrar da minha avó e da alegria que ela sempre deixava,
Do amor incondicional e sem limites que ela sempre demonstrava,
Da felicidade e desejo em me ver bem que ela sempre proporcionava,
E de uma vida exagerada de carinhos que eu simplesmente... amava.

Uma homenagem à Rainha do Rock, Rita Lee

Cabelos vermelhos

NADO CAJU

Fera, me espera, me venera, me leva pra qualquer esfera
Pra qualquer lugar bem longe daqui
Onde a gente possa voar, sonhar, se divertir

Deixar esse corpo, essa matéria, cantarolar com as fadas
Com os anjos, com Miguel, Suriel e outros Arcanjos

Reencontrar Caju, Raul, Renato, um bate-papo qualquer
Lembrar das histórias, de um relato

Gal também nos espera de batom vermelho
Assim como o teu cabelo lembrando o fogo e nosso desespero
De ter ficado tanto tempo num mundo que não nos pertencia
Mas cumprimos nossa missão, tocamos violão e levamos alegria

Agora o Vampiro te espera doce como você queria
Lá maior, sustenido, uma nova harmonia
"Já abriu as portas pra você entrar
Beijar a tua boca até te... De amor"

Ah, faltava eu te lembrar, tem outras estrelas brindando a te esperar
A se juntar com Rita Lee: Elis Regina, Cássia Eller, Vander Lee
Cartola, Tim Maia, Belchior, Luiz Melodia, Lupicínio, Wando

E mais um bando te esperando e já bagunçando
Aquela galera numa brasília amarela que vai cantar agora
"Mina, seus cabelo é da hora!!!"

Quero sim
NADO CAJU

Transar altos papos aleatórios brindando com você
Sobre os discos da Janis Joplin
O trabalho das formigas e o sacrifício do sol ao amanhecer

Dos seres de outros planetas e do grito que ecoa sobre a dor
Das esperas intermináveis das naves que Raul cantava sobre disco voador
Das flores que foram mortas no jardim por uma declaração de amor, que sei lá
Nem sei se foi tão correspondida assim

Um cigarro enrolado pra você e uma taça de vinho gelada pra mim
A Alemanha de outrora pichada nos muros de Berlim
E nossos espíritos no monte Líbano eufóricos dizendo que "sim"

Do Carnaval da cidade que revela as faces sombrias dessa nossa sociedade
De um lado a burguesia empobrecida de vaidade
E do outro um heroico vendedor ambulante simplesmente pedindo piedade

Melhor relembrar as infinitas noitadas nos bares do baixo Leblon
E dos erros insistentes de Caetano embriagado e sempre saindo do tom
Das desculpas de Judas com Deus jurando que sempre foi um Homem bom
Ou de Reginaldo Rossi pela milésima vez cantando "Garçom"

Agora eu vou terminar porque nem eu mais tô aguentando
De tantas ideias distorcidas que nem sei por que eu tô registrando
Ahhh, mas um dia quando um beija-flor estiver na tua janela bailando
Eu sei que lá no fundo, mesmo chateado ou rindo
A tua doce alma, mesmo esgotada, de mim vai tá se lembrando

Poema e poesia

RENATA VASCONCELOS

Poema é corpo
Poesia é alma
Poema é concreto
Poesia abstrata
No poema há poesia
É sentimento
Tristeza e alegria
Poema é texto, é verso e rima
Poema aprisiona a poesia
Poema é visual
Poesia é sentimental

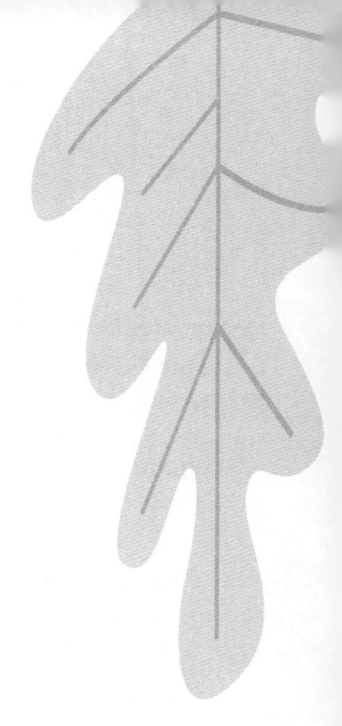

Quero ser primavera por onde passar
Deixar a beleza das flores
E o aroma pelo ar
Mas nem sempre é assim
Há estações em mim.

As estações mudam, as árvores ficam despidas
Perdem sua roupagem, mas a cada tempo as folhas renascem.
Resistem às tempestades e à forte ventania,
Resilientes e cheias de ousadia
Após um tempo ruim, superam e voltam a florir
Poema e poesia
Há estações em mim.

Petrarca

ROGER JOSÉ

De um Petrarca, alçara estar tão perto
E apoiado sobre um eterno enigma;
Quis alcançar a flor do verso certo,
Juntando-o à vã luta que me instiga.

E eis que ao rabiscar textos incertos,
Querendo tanto achar esta Arte Altiva,
Eu me descubro árido, um tal deserto;
Secret'Arte, eu te sondo, minh'amiga!

Quisera apenas ser Poeta, oh, Deus!
Arquitetar estrofes com destreza;
Decifrar tais facetas literárias;

Como um mestre, revelar lirismos meus,
Presenteando o mundo de belezas,
Formulando sonetos e outras várias!

A medida do amor

ROMERO PIO

Eu vi os olhos do tempo
Eu vi, mas não quis encarar
Pois ele é como o cimento
Que cobre o vazio que há
E veste a voz do momento
Como se quisesse calar
O fogo que é a luz do sedento
Que engole a terra e o ar
Na chama exposta ao vento
Da vela que insiste em queimar

Mas tempo é tão cheio de vida
A vida é tão cheia de dor
Que sangra feito uma ferida
Que arde em nome do amor
Pudesse encontrar uma saída
Soubesse viver com louvor
Te juro morria minha vida
Nas pétalas da tua flor
E o tempo seria a medida
Que mede o tamanho do amor.

O instante de um momento

ROMERO PIO

Eu vi o momento e o instante
Brigando nas curvas do tempo
Fazendo do hoje e do antes
Mistério que voa ao vento

Nas teias de aranha do ontem
Na tela do azul firmamento
Se a pressa persegue o instante
Momento se esconde atento
E o agora — futuro do antes
Que busca vencer o momento
Só perde por um breve instante
Ponteiros que valsam ao tempo

Eu vi o instante e o momento
Nas asas de fogo da aurora
Na vida que dorme ao relento
E acorda do sonho que adora

No passo ligeiro e sedento
O trote galopa a demora
O instante é a voz do momento
Dançando nas cinzas da hora
Segundos seguram o tempo
Como se não fosse embora
Eterno contentamento
Espalha pelo mundo afora.

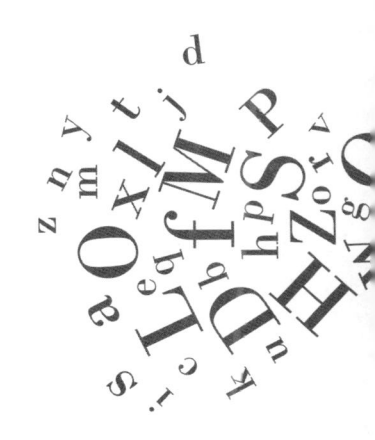

Não me faça perguntas

RONILSON FERREIRA DOS SANTOS

Não me faça perguntas
que não sei responder.

Pergunte-me sobre beijo
e sentirá na neblina
que umedece o cimo da serra
em noites tempestivas.

Pergunte-me sobre azul
e verá borboleta
extirpada do casulo
ao corte profundo.

Pergunte-me sobre água
e verá rio turbulento,
espesso,
elétrico em movimento
a desaguar na carne.

Não! Não!
Não me pergunte sobre beijo, azul e água,
pergunte-me sobre ágata, cromo, granizo
e eu te entregarei meu corpo.

Não me faça perguntas
que eu não quero responder.

Poesia

ROSANGELA SOARES

Sementeira de luz e paz
se fez pétala de amor do orvalho da manhã.
Da primavera, doces odores.
Do verão, os amores e cores –
sensação inebriando os sentidos.
Do outono, aconchego e sabores.
Do inverno, sem cansaço... boas lembranças...
Cada sorriso, o riso.
Cada olhar, fixo, canto de olho.
Girassol,
Gira mundo.
Sou poeta e nem sabia.
De repente você...
Nas asas furta-cores do beija-flor
que se aninha
nas lágrimas que escorrem
pelo seio transbordando o néctar primaveril.
Aninha-se nos sorrisos tímidos, alegres,
olhares amorosos na emoção.
Pousa em meu peito, doce esperança!
Morte e vida me encontro
Simplesmente POESIA.

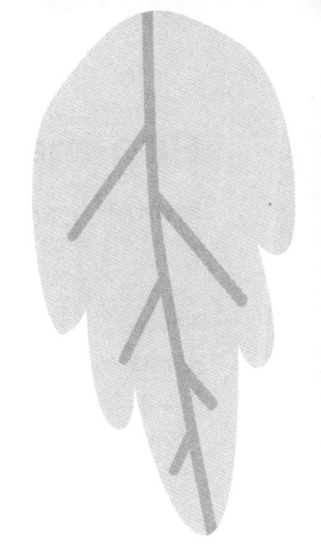

Poe-me-ti

SAMARA KÁSSYA DE OLIVEIRA ALMEIDA

Nasce
Renasce
Pesquisa
Atônita

Duvida?
Publica?
Ou não publica?

Há as pestes...
As bubônicas....
Seres pudicas

Irreais
Colapsar(am)
(a)
descansa (r)

nu
Entreve
Entrave
De dizer

Poe-me-ei

É a minha
Vestimenta
De dizer
Do que ser (ei) capaz

Cante
Declame
Proclame
Projeto

Prós... e... ecos...
Projeto
Projete
Proteja

Em mim
Mostre-me
Do saber ser
Em paz

Poe-me-se

SAMARA KÁSSYA DE OLIVEIRA ALMEIDA

O tempo é agora
É emergente
É fugaz
Põe-se em letra

Em canto
palavra
Em agonia (s)
Em leit...ura

Escrita
Em régua
Papel
No compasso
Entre o tempo
N(u) espaço

Entre o ato de fazer
Seja eu
Ou você
O(...) nós

Poema para Lis

SANDRA MEMARI TRAVA

Pequena nasceu
Com seus olhinhos azuis
Sorriso contagiante
E rostinho de princesa

Foi crescendo, crescendo...
Iluminando os nossos dias
Sapequinha... feliz,
Sempre a imitar e brincar

Como é lindo o seu desenvolver!
Como é gratificante ver seus
Primeiros dentinhos
Seus cabelinhos cacheados crescerem...
E seus primeiros passinhos...

Subir escada "não pode"
E ela balança a cabeça
"não pode", "não pode"
E mais que veloz,
Sobe degrau por degrau

Ler histórias... já sabe
Balbucia olhando as imagens
Como se entendesse cada palavra...

Oh, Lis, minha doce Lis...
Sempre linda, inteligente e sábia
Lis... Milagre de Deus em nossas vidas.

Onde mora a poesia

SÉRGIO STÄHELIN

À beira da estrada, na curva ao fim do vale;
No colorido canteiro de hemerocale;
Numa floresta de musgos encantada;
No germinar de uma semente alada;
Na gota de orvalho na flor de gardênia;
No sereno perfume da rosa de Noêmia;
No mistério da rosa verde-esmeralda.

Ao crepitar da brasa no fogão à lenha, e na saborosa canja de vó Adelina;
Na cerca-viva que a topiaria desenha, e na lenta névoa que desce pela colina;
No doce aroma da laranjeira, e no bordado chão de flores de ipês;
No espinho de uma roseira, e no machucado do dedo que me fez;
No meigo choro da criança, e nas inocentes frases com os porquês;
Nas brincadeiras de infância e nas noites frias frente ao fogão;
Nos primeiros raios de sol e no arco-íris nas tardes de verão.

Na estrada de chão em dias de chuva, nos barcos de papel navegando por ela;
Na espera do verão por um cacho de uva, e no verde mel refletindo dela;
No olhar atento de Mãe Lucilla e na doce ternura que nos revela;
Nos sapatinhos nas janelas do quintal, nas decorações de porta e janela;
Nos coloridos das bolachas de Natal, e no doce cheiro de cravo e canela.

Naquele brilho da flor que gira ao sol;
No desenho deixado por um caracol;
No jardim, no pôr do sol, no olhar, no choro, no riso,
no gesto, no apego, no coração, nas sensações, na alma,
no sentimento que na Casa Amarela emana a todo momento.

Despatriados

SÍLVIA CRISTINA LALLI

Fartos de pobreza
Partos da tristeza
Nascem assim, os
Filhos da rua.

Os faróis iluminam
Suas camas duras,
Sujas e frias.

A indiferença é a
Única companhia
Amiga.

Os pés sangram
Esperando o
par de calçado.

O estômago clama
Por um pedaço
De pão velho
E amassado.

Mendigando dignidade,
A morte é ainda
A única esperança
A furtar a desesperança
Dos que passam
Despercebidos pela
Sociedade.

Porque Te Amo

SUELI ANDRADE

Sabe por que sei que te amo...
Porque na sua ausência sinto seu cheiro
Sabe por que sei que te amo...
Porque sinto seu abraço em cada gota que cai quando abro a janela em dias de chuva
Sabe por que sei que te amo...
Porque meu coração se acalma quando me lembro do seu sorriso
Sabe por que sei que te amo...
Porque me ensinou a ver flores mesmo quando o caminho é de pedras
Sabe por que sei que te amo...
Porque meu coração consegue escutar e compreender as palavras que saem da sua boca mesmo quando minha cabeça se nega a aceitar
Sabe por que sei que te amo...
Porque só você completa meu corpo e alma

Meu amado

TANISE CARRALI

Ah, eu queria tanto
Poder dizer-te que o amor era santo
Imaculado, bendito, salvo de quebranto
Que nem sequer a mais louca situação traria pranto

Ah, eu não sei de nada
É compromisso de alma marcada
Parece perigo, parece cilada
Mas minh'alma se entrega, molhada

Ah, como eu queria
Abraçar tão forte, dar-te a alegria
Te pegar no colo, ser a luz do teu dia
Esquecer do mundo e da vida vazia

Ah, meu anjo desasado
Tu és dilúvio do rio encarnado
És carinho pulsante, vibrante, um achado
De encaixe perfeito, meu bem, meu amado.

Poema cinza

THIEGO MILÉRIO

O poema quer ser parido
Trago o m(eu) menino
para pari-lo.

Contudo, o dia (hoje) é cinza
Dia nublado da cor de cimento
Cheirando a azeitonas pretas
Dia de urubus festeiros
e sombrinhas coloridas.

O dia continua cinza
Nem as cores protegem
a cabeça do menino
que se molha de cinza.

E o menino de cabelo molhado...
Abaixa a cabeça e encontra
uma pedra...
uma pedra cinza...

E o nome do menino é Carlos,
Tem sete faces e a poesia
está parida na pedra.

Na pedra do poema cinza
Com gosto de azeitonas pretas.

Poética

THIEGO MILÉRIO

Minha poesia não é uma estante
Não é um móvel envernizado
Feito de poeira e ácaros

Minha poesia é como uma roupa
Amarrotada e destonada
Mas com aroma de canela

Minha poesia não é sólida
É líquida e deformada
A estender-se pelas frestas

Minha poesia não tem versos
Ela se atropela e escorrega
A despencar de cada estrofe

Minha poesia não tem ritmo
Pois apenas se emudece
Como garças no lodaçal

Minha poesia não tem rimas
Pois as lágrimas de ontem
Afogaram a última sílaba

Minha poesia não tem palavras
Apenas cacos marrons
Da última garrafa quebrada

Minha poesia é apenas um caramelo
Desentranhado dos dentes
Para que eu dê de comer aos passarinhos.

Por onde andará Severino Filgueira?

TÚLIO VELHO BARRETO

a prosa é pura conversa
de reter ou jogar-se fora
de ficar ou ir-se embora
seja mesmice ou diversa

a poesia é fala dos tontos
viagem ao desconhecido
beira última do precipício
tudo que causa espantos

Honre a vida, siga a missão!

VANESSA VOESCH

Andando na corda bamba eu vou
Procurando o equilíbrio
E ouço-o clamando, não tenha medo
Mesmo que esteja sombrio
Confie no processo e terá sucesso
Não tenha dúvidas
Mantenha a fé naquele que te guia
E sorria
Porque alegria, moça
Desperta coragem pra agir
E desistir não é opção
Se querer é poder, você vai conseguir
Não tenha tanta pressa
Mantenha o foco no sentir
Aprecie, ouça, veja... Que perfeição!
Não procure em torno aquilo que está em teu coração
O tesouro que tanto procurou
Não estava do lado de lá, como imaginou
Mas foi preciso ir para descobrir
Foi escolhida para uma grande missão
Está preparada para assumir?
Não te assuste com a grandeza
Continue a evoluir com leveza,
A Nova Era está em construção!

Aprisionada
VERA OLIVEIRA

Naquela noite escorreguei pra dentro da sua boca
E fui capturada pelo gosto do seu prazer
De uma aventura inesperada veio a saudade
Gerando a dependência da sua invasão

Essa espera me aprisionou de um jeito
Que não dava vontade de me libertar
E só o calor do seu abraço
Alimentava o meu sorriso

O suor da nossa pele
Virou meu melhor vício
Mas quando você não vinha
Era o vazio que me invadia

Na madrugada uma mensagem curta
Se transformava numa imensa alegria
Bastava um "oi, amor" pro meu coração bobo
Sorrir e te desejar de novo

Aí veio a desilusão
Na solidão da cama vazia só lembranças
Eu te esperava a madrugada toda
E você teclava "tô indo", mas não vinha

Até que eu cansei de te esperar
Sofrendo demais decidi matar essa dor
Mirei a bala na direção do seu peito
Mas o coração que morreu foi o meu.

A Rainha de Copas

VERONICA YAMADA

"Cortem-lhe a cabeça!", ordenei
E pintem as rosas de carmim
Que seja trágico o seu fim
Já que não quis ser meu rei

Tragam-me o coelho julgador
E invoquem meu carrasco
Não me digam que tem asco
Que está além de minha dor

Nada dói como um coração
Atributo da minha casa
Porém o meu criou asas
E para longe voou então

Agora com coração ausente
Nada mais me atinge
Ao menos a gente finge
Que nenhuma emoção sente

Para o mal que me devora

VERONICA YAMADA

Angústia assola minha alma
E paz é tudo o que desejo
Quero aproveitar o ensejo
Quando outros me pedem calma

Nada nunca é o suficiente
Ao menos é o que sente a mente
Mas nesse sentir ela mente
Que o mal está sempre presente

Só espero que tudo acabe
A terra, a vida e o mundo
Mas bem lá dentro no fundo
Há uma esperança que se abre

Oh! Maldita esperança!
Você é o mal que me cerca
Em meio às sombras a luz cega
Mas não acaba a insegurança

A escuridão assim resiste
E eu resisto mais um dia
Não que experimente alegria
Já que o mal em mim persiste

Sinestesia

VICTOR RODRIGUES DOS SANTOS FILHO

Sente só a sinestesia
Partilho seu aroma
Sua harmonia...

Da essência do meu ser
Dou à luz a poesia
Fonte do saber
Euforia, alegria!

A fragrância de escrever
Faz o som resplandecer
As palavras dançam sem saber
Entram em pura sintonia!

Cada tom um alfado diferente
De doçura de repente
Faz a gente
De bem com vida!

As letras seguem a corrente
Como flores a perfumar
Por toda parte
Por todo lugar...

Exalam o seu odor rarefeito
Tecem elas o efeito
Chamam à atenção
A sinestesia desse cheiro!

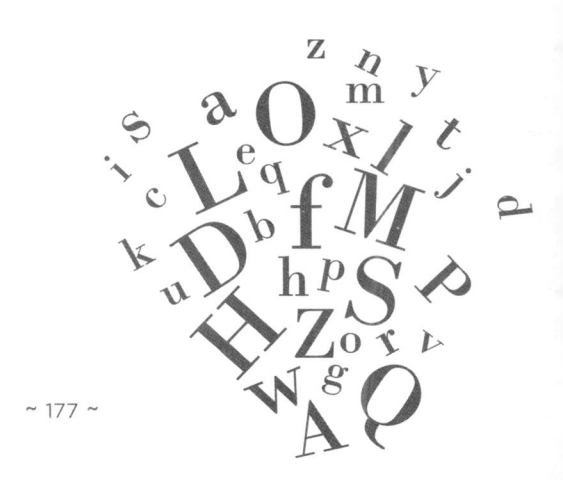

Dialética poética

WALTER AZEVEDO

A transformação é o que permanece,
na história é a rima que se estabelece
afirma a noite, nega de dia,
tudo isto feito poesia,

A arte é uma relação social contradita,
a cada verso, ditada e maldita,
ensimesmada ou flamante,
reflete a força do humor dominante.

Entre o que existe e o que se pode,
que se tornou prática na sociedade,
cabe à classe de ofício da arte,
construir uma nova ode.

Não há poesia verdadeira,
nem moda que será derradeira,
o relevante é a transformação que queremos,
a influência que realizar poderemos.

Em meio ao povo podem surgir,
forças de revolta e transformação,
mas a métrica de uma revolução,
não será fruto do espontâneo devir.

A poesia é uma construção coletiva,
um fluxo dialético em movimento,
e cumpre a nós, trovadores da vida,
dar um novo sentido a esse momento.

Seu olhar

WALTER LUIZ GONÇALVES

Se me olhasse como olha um pássaro,
Saberia que em mim não tem mais interesse.
Talvez aceitasse. E pensasse num voo solo.

Se me olhasse com o olhar cego de um felino,
Talvez aceitasse, gostasse e quisesse,
E me oferecesse de corpo inteiro.

Até com o olhar das asas de uma borboleta,
Eu poderia com gigante esforço compreender.
Ficaria encantado, permaneceria em silêncio,
Até que você estivesse pronta para o voo nupcial.

Se quisesse mirar-me com os olhos misteriosos de Capitu,
Conhecendo suas armas, entenderia em parte o universo
E teria só um pedaço do céu de dúvidas.

Contudo, você foi buscar no espaço distante, no tempo afastado
Esse jeito de olhar, esse modo de calar, essa forma de mistério.
Olhos que na superfície dizem tudo, mas no fundo,
Para os amantes afastados, são indecifráveis.

Só não sei por que escolheu para me matar
Esse olhar de Mona Lisa!

Sublime cenário

WANDA ROP

Suntuosos detalhes diários e poéticos
Venustas aves entoam doces melodias
Intrépido sol beijando o horizonte ao entardecer
Ameigar em minha face de uma aromática brisa

Meus olhos contemplam poesia em sutis momentos
Acomodo-me, lentamente, sobre o solo arenoso
Deslumbrada com a intensidade do Rio Madeira
Permito que reflexos solares aqueçam meus sentimentos

Simplesmente, meu pensar se eleva a poetizar
Deleito-me em versos inocentes de felicidade
Singelezas nas bênçãos diárias, sinônimo de amar

Indecifrável magia, instigante harmonia
Envolvendo-me em labirinto de sublime cenário
A alma atrevida a divagar em poesia

Caiu poesia

ZENILDA RIBEIRO

Sentada ali, a deliciar-me
com o esplendor das árvores
fui surpreendida:
caiu-me, bem no bolso da bolsa
um pedaço de poesia.
Alguém dirá que
era só uma folhinha.
Ao que direi: e tem algo
mais belo e poético
que a natureza?
A folhinha me sussurrou:
na bagagem nunca leves
mais do que podes
e precisas levar.
Mas nunca deixes
sua bagagem desprovida
de poesia.
Ela é leve como folha
e cabe em qualquer bolso.
Especialmente, nos internos.

Poesia mestiça e plural

ZINEY SANTOS MOREIRA

Desde quando o dia amanhece
até a última réstia dele
há a poesia semeada
em todos os lugares.
Ela é mestiça, linda e plural.
Tem em si uma certa peculiaridade
que nos traz a paz e o encantamento.
Detalhes poéticos que a natureza
nos oferece para nos maravilhar.
Texturas delicadas.
Sabores diversos.
O brilho é sem igual.
Cada cor é escolhida
com muito cuidado
na imensa paleta de emoções.
Tudo tem um sentido só: o amor.

Parusia

V. S. TEODORO

Por todas as coisas existentes,
Dentre todas as existências que são, serão e que já foram,
Em meio a tudo o que há e o que transcende,
Qual a força que nos move?
Qual a ordem que domina?
Onde está nosso lugar
No mistério que fascina?

O outrora real escapa
Na memória de um dia
E o virtual de hoje
Tanto ilude e vicia
Assim nos tornamos cegos
À beleza e à magia
Do que faz de nós humanos
Só restando a parusia

Conectados

V. S. TEODORO

Antes havia ausências e presenças
E a distância fazia ansiar pelo reencontro;
Hoje a ausência se faz na presença
Nos conectamos em pleno desencontro

Antes havia o princípio e o fim
E toda história chegava a um ponto;
Hoje estamos parados no meio
Inertes, inermes e tontos

Antes podíamos tocar um ao outro,
Sentir os aromas e à toa rir;
Agora sobrou só um toque distante,
Já não há mais cheiro, nem aonde ir

E não há verdade na realidade
Nem virtualidade que valha a pena
Quando não se sabe mais o que é verdade
A vida, imensa, se torna pequena

Quando tudo é poesia

RONALDSON (SE)

I

Ante a colheita
de tantas palavras
qual melhor iguaria?

o talo cortado
calcinado
(na ceifa)

ou
a
raiz
mais profunda
muda na vala imunda

– jazz

quão mais funda.

II

Ante o vale do papel
no turbilhão da emoção

ah

palavras refletem o mundo

tudo é poesia
e o poema mudo:

sangria.

Escrever poesias

RONALDO MAGELLA

Escrever é criar vida, construir sentimentos.
Quem escreve, fabrica ideias.
Todo escritor é um criador de mundo, emoções.
Se escreve por trabalho, por diversão, por vocação.
O texto flui, da cabeça, do coração, chega às mãos.
Escrever é preencher vazios, ocupar espaços.
A escrita é íntima, quem escreve se expõe.
"Escrevo como quem manda cartas de amor" (Emicida).
Escrever dá tesão, poesia é prazer.
Escrever é ver o que ninguém enxerga, os detalhes.
Escrever é transgredir, ir além.
Escrever é ter paixão pela vida, sentir a existência.
Escrever é ter um olhar pra si mesma, interiorizar-se.
Escrever é a arte de contar história, lutar com palavras.
Escrever é curar-se de toda dor, de todo amor.
Escrevo, digo, para contar aquilo que ninguém me pergunta.
Escrevo, como disse Ferreira Gullar, porque a vida não basta.
Escrevo, por amor, dor ou poesia, já nem sei.

Verba volant, scripta manent

FERNANDO SANTOS

As poesias voam avulsas por aí
Livres, leves e soltas pelo mundo
Num emaranhado de palavras cruzadas
Eu apenas as organizo
Dou as coordenadas.
A poesia tem vida própria
Cada uma com sua forma e rítmica
Eu apenas as alcanço
Antes que lancem outros voos
E sejam capturadas por outro vate louco.

Vestida de poesia

LUCINHA AMARAL

Vestida de poesia
Saí ao amanhecer
Observando tudo à minha volta
Até o sol nascer.
Parei às margens do Rio
Encantei-me com o nevoeiro
Espalhado pelo rio inteiro
Como tinta na tela, jogada a esmo.
Ao longe, avisto uma linda garça
No seu voo matinal
Planando numa dança majestosa
Bailando sobre o aningal.
O barquinho atravessando
De um lado para outro
Chamou minha atenção
Trouxe memórias de saudades, apertou o coração.
De repente, ouço um canto melancólico
Parei para apreciar
Pensei na liberdade
Daquele sabiá.
Vestida de poesia
Com lápis e papel nas mãos
Transformo tudo em escrita
E aqueço meu coração.

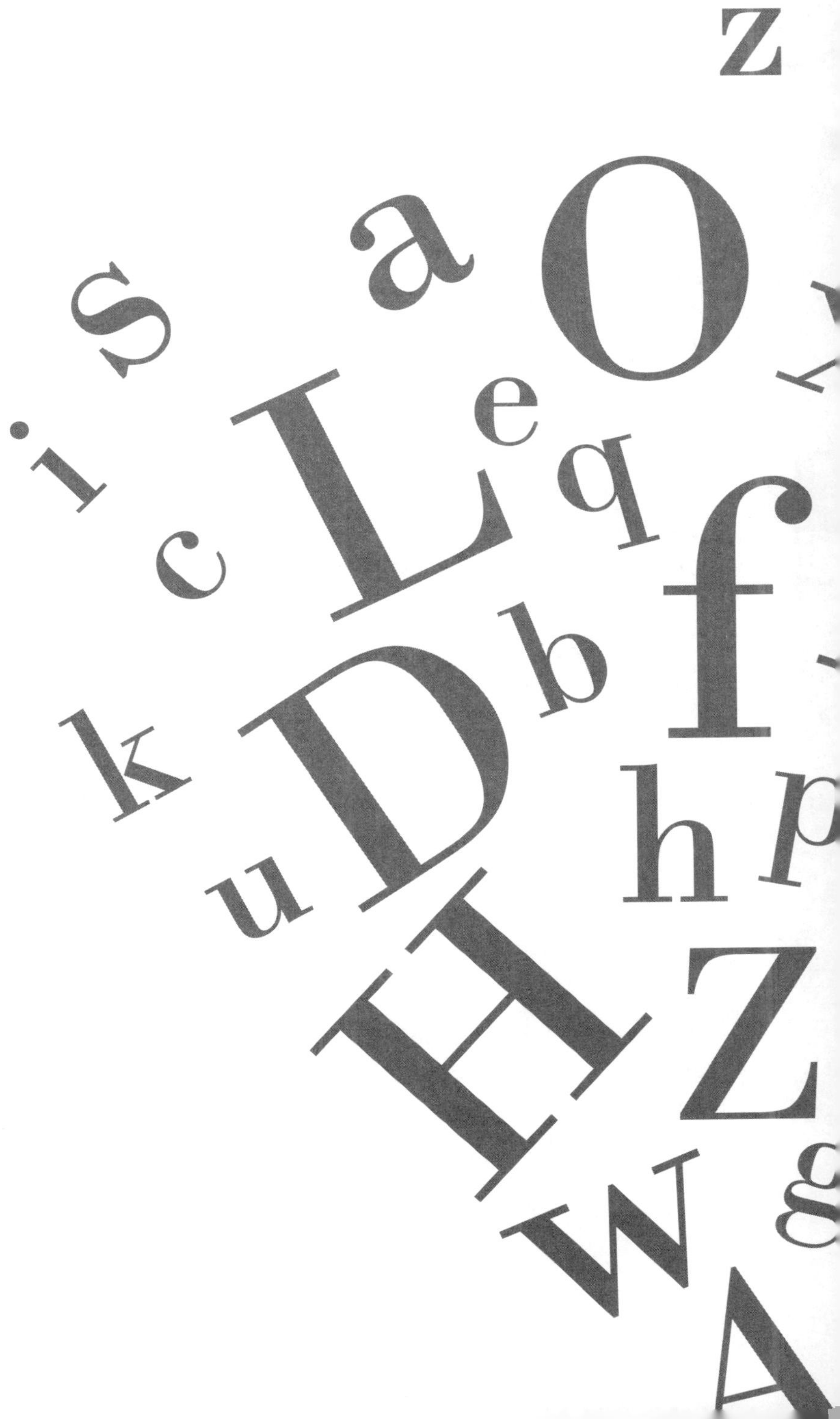

Conheça outros títulos da Lura Editorial:
www.luraeditorial.com.br
www.livrariadalura.com.br